Contes et légendes d'épouvante

Nadège Carlesso

Contes et légendes d'épouvante

FAIM INSATIABLE

Depuis plus de six semaines déjà j'avais emménagé dans ce nouveau foyer. Pourtant, je n'arrivais toujours pas à le considérer comme le mien. Après le brusque décès de mon époux, je n'avais, en effet, pas eu la possibilité de demeurer vivre dans la maison que nous partagions tous les deux jusqu'alors. Je n'eus, en outre, pas le loisir de choisir mon lieu d'habitation. Il me fut imposé par Eux, tous ceux qui avaient géré mon dossier sans qu'une seule fois mon opinion ne soit prise en compte. Traitée sans égard au mépris du chagrin qui m'avait accablée, je n'avais eu d'autre choix que de suivre leurs directives.

Je me retrouvais donc à vivre dans une simple chambre meublée, dans une résidence au sein de laquelle je devais cohabiter avec plusieurs occupants. Ayant néanmoins eu la possibilité d'obtenir une chambre individuelle, je disposais alors d'un endroit n'appartenant qu'à moi. Cela m'octroyait de ce fait une retraite, une certaine intimité et de l'isolement, chose nécessaire à mes yeux.

Toutes ces diverses épreuves, accumulées les unes après les autres, ne m'avaient accordé aucun répit et avaient rendu la perte de mon époux d'autant plus difficile à supporter et à accepter. J'étais à présent seule, je n'avais plus personne à qui me confier, avec qui discuter ou partager mon quotidien.

Toute mon existence dans son ensemble s'en était retrouvée bouleversée, au niveau professionnel y compris, puisque mon lieu d'habitation était aussi désormais mon espace de travail. À cause de cela, je n'avais plus vraiment l'occasion de quitter cet endroit et la frontière entre vie privée et professionnelle était devenue plus tenue.

En déménageant loin de mon ancienne ville j'avais été contrainte d'abandonner mes fonctions, et Ils m'en avaient sélectionné une nouvelle que je pouvais exercer de la résidence, une nouvelle fois sans que mon avis ne compte. Plusieurs des autres occupants de l'habitation se trouvaient être mes collègues, j'étais donc forcée de les côtoyer à chaque fois que je sortais de ma chambre, du matin au soir.

Mes journées étaient désormais d'un ennui infini, les jours défilaient et se suivaient sans distinction, consistant à passer d'une réunion à une autre et à effectuer des occupations sans intérêt, je n'avais plus aucun loisir, plus aucun goût à rien. J'étais lasse de tout et de tout le monde. Le seul réconfort, le seul qui m'avait comprise, le seul soutien que j'avais eu au cours de ma vie m'avait été brutalement arraché.

De plus, étrangement, depuis mon arrivée en ces lieux, mon corps semblait constamment en proie à une fatigue extrême dont il ne pouvait s'échapper. Mes membres paraissaient parfois lourds comme du plomb, mon buste comme lesté, si bien que je n'arrivais à me tirer du lit que péniblement.

Lorsque je parvenais enfin à m'extirper de celui-ci après de pénibles tentatives, une langueur prenait possession de mon être, rendant le moindre de mes mouvements aussi difficile que s'il avait s'agit d'un effort inhumain, j'avançais par conséquent au ralenti.

Mon esprit, quant à lui, ne s'en sortait guère mieux. Il naviguait entre deux états, passant de l'un à l'autre en l'espace d'un instant. Dans l'un, il était hyperactif, assailli de doutes, de questionnements, de mélancolie et de profonde nostalgie. Il était comme en ébullition, un volcan prêt à entrer en éruption. Dans le second cas, au contraire, il se retrouvait en léthargie totale, un voile obscur s'en emparait, n'y laissant qu'un vide abyssal proche d'une quasi-mort.

Depuis plusieurs jours maintenant, j'étais qui plus est tourmentée par une fièvre persistante qui ne faisait qu'aggraver mon état d'affliction, d'abattement général. Je n'avais pas eu la permission de prendre du repos, On me l'avait refusé. Constamment vêtus de blanc, mes supérieurs tentaient de se montrer auprès de toutes et tous en tant que bienfaiteurs, mais leur étant subordonnée, je savais qu'ils n'étaient en réalité que des tyrans.

J'avais donc dû continuer sans objecter mes tâches quotidiennes, accompagnée inlassablement par cette fièvre infernale qui ne contribuait qu'à m'affaiblir toujours plus. Tout ceci avait eu pour conséquence une perte d'appétit, ne pouvant rien avaler mon état n'en était que plus fébrile et mon atonie plus intense encore.

Ce soir-là, après une nouvelle journée morne et monotone comme chacune des autres depuis que ma vie avait complètement changé, je m'étais rapidement réfugiée dans ma chambre après avoir essayé sans succès de dîner dans la salle commune.

Cet abri était à présent le seul où je pouvais me retrouver isolée dans ma bulle dans un semblant de calme reposant. Je n'avais malheureusement pas eu l'opportunité de le personnaliser puisque je n'avais pu récupérer aucun de mes effets personnels en provenance de mon ancien domicile. Il ne me restait plus que des souvenirs. La petite pièce était blanche, vide, le plus simplement meublée, impersonnelle et non accueillante. Cependant, le silence total qui y régnait m'apaisait et m'aidait à me sentir plus calme, plus sereine à la suite de tous ces bouleversements.

Je m'étais allongée, mais avais eu du mal à trouver le sommeil en raison de la fièvre irradiante qui ne me laissait pas une minute d'accalmie. Après avoir passé plusieurs heures à remuer sans cesse, à surveiller avec dépit les minutes qui avançaient lentement les unes après les autres, à chercher tous les moyens pour la chasser, je réussis tout de même à m'endormir.

Peu de temps après, je fus cependant réveillée par une nausée aussi subite et violente, mon estomac se contractait de manière ininterrompue, j'étais couverte de sueur. Je me levai promptement afin de rejoindre le lavabo situé à côté des toilettes, dans un recoin dissimulé derrière la porte d'entrée. Je sentais les vomissements approchants. J'eus à peine le temps de l'atteindre, que j'expulsai en un instant le contenu qui souhaitait de toutes ses forces s'échapper de mon corps.

Je fus presque paralysée lorsque j'aperçus la vasque devant moi. Cette dernière était recouverte de sang. Je restai un instant à contempler avec désarroi le tableau sanguinolent qui s'était dessiné sur la céramique immaculée. Devais-je m'en inquiéter ?

Je me convainquis que cela était très certainement dû à mon état de santé général affaibli et au fait que je n'avais rien mangé de vraiment consistant depuis un moment. Je me rinçai assidûment la bouche durant de longues secondes et retournai me coucher en espérant qu'une nuit de sommeil me serait bénéfique.

Le lendemain matin, à peine avais-je ouvert les yeux que je remarquai que la fièvre avait disparu. Alors qu'elle m'avait harcelée des jours durant, elle s'était volatilisée en un instant comme si de rien n'était, comme si elle n'avait jamais existé. La nausée de la veille n'était plus elle aussi qu'un mauvais souvenir.

En dépit de tout cela, j'éprouvais aujourd'hui, sans que je ne me l'explique, une certaine irritabilité. La torpeur, qui avait été la fidèle compagne de mes dernières semaines, s'était éclipsée pour laisser place à un autre sentiment, une sorte d'agacement profond, j'étais en proie à une nervosité sévère. Contrariété qui s'accrut lorsque, dès mon premier mouvement dans le lit, je ressentis deux intenses points de douleurs parallèlement répartis sur mon crâne.

Je m'approchai du miroir dans le but d'en identifier la source. Je fouillai à travers la masse épaisse de mes cheveux noirs et bouclés, et tombai des nues lorsqu'en les écartant, je trouvai sortant du haut de ma tête deux excroissances dures, larges, tirant sur le marron. Cela me renvoya directement à l'image de la pousse des bois de cerf. Autour de ces dernières, ma chair à vif, rougeâtre, enflée, jonchée de croûtes de sang, donnait à penser que les protubérances avaient poussé au cours de la nuit.

Comment était-ce possible ? Comment de telles choses avaient-elles pu apparaître sur mon corps ? Pourquoi ? Mais surtout, pourquoi n'avais-je ressenti aucune douleur durant mon sommeil ? Comment avais-je pu ne pas être réveillée par ma peau se fendant pour laisser sortir ces corps étrangers ?

Confuse, hébétée, je n'arrivais pas à comprendre ce qu'il se passait. Je posai mes doigts sur les deux bosses afin d'en vérifier l'authenticité et de confirmer qu'il ne s'agissait pas là d'une illusion d'optique créée par la fatigue. J'en fus assurée lorsque je sentis le contact rugueux, râpeux, de la matière sous ma pulpe, qui au toucher s'avéra être, comme je l'avais pressenti dès le début, une sorte de bois.

Tout en continuant de les détailler du bout des doigts, je me rendis compte que cela n'était pas le seul changement physique dont j'étais la victime. Mon visage émacié paraissait dépouillé de son contenu, comme s'il ne lui restait plus que la peau sur les os.

Abaissant mon regard, je vis ensuite mes lèvres abîmées, complètement asséchées, elles étaient toutes les deux parsemées de part et d'autre de multiples petites coupures ensanglantées. J'ouvris la bouche et constatai que ces blessures avaient été causées par mes dents qui donnaient l'impression d'avoir légèrement poussé, mais surtout de s'être effilées.

Décontenancée, je restai ainsi plusieurs minutes à observer l'abominable reflet que me retournait le miroir. Que pouvais-je faire ? Je me concentrai, essayant désespérément de trouver une explication rationnelle à tous ces événements, mais surtout de régler cette situation, quand mon regard se posa sur l'horloge. Je vis alors que si je ne me hâtais pas, je risquais d'être en retard, mes supérieurs ne me laisseraient jamais passer une telle chose.

Je tentai de dissimuler les changements de mon visage avec une couche épaisse de maquillage, et les simulacres de cornes avec mes cheveux que je crêpai avec vigueur avec pour intention de leur donner le volume nécessaire pour que ce qui se cachait en dessous ne puisse en aucun cas être deviné. Avec tout cela, je me présentai juste à temps pour la première réunion de la journée, essoufflée, stressée, mais à l'heure.

Au cours de celle-ci, je me trouvais dans un état d'anxiété élevé, en effet, si quelqu'un se rendait compte de ce qui m'arrivait, j'étais perdue. Il n'y avait dans cet endroit aucune place pour la différence, pour l'inconnu. Il nous fallait entrer dans le moule qu'ils avaient préconçu pour nous, selon leurs propres critères de ce qui était bien et de ce qui ne l'était pas.

Déjà, depuis mon arrivée, j'avais cette sensation persistante d'être traitée et observée comme un être étrange, je n'osais alors même pas imaginer ce qu'il adviendrait de moi si les mutations qui s'étaient produites sur mon corps venaient à être dévoilées au grand jour.

Toutefois, je me rendis compte que grâce à tous les soins que j'avais apportés à la dissimulation de ces dernières, personne ne semblait s'être aperçu de rien. J'en fus rassurée, mais malgré moi, je ne pus m'empêcher de remettre sans cesse mes cheveux en place de peur qu'une des excroissances ne s'en échappe et n'apparaisse aux yeux de tous.

En outre, je passai l'intégralité de ce jour à l'écart des autres, mais ce ne fut pas qu'en raison de la crainte d'être découverte. En réalité, sans que je ne puisse en comprendre la raison, leur présence provoquait en moi de l'énervement, de l'antipathie même. Ma journée fut solitaire tout en étant toujours ennuyeuse et sans intérêt.

Une chose inédite, étrange retint pourtant mon attention et m'intrigua. Je fus préoccupée, dérangée au cours des heures qui défilaient par une odeur forte, nauséabonde, répugnante de chair fraîche qui paraissait avoir envahi l'air ambiant. Il me sembla que j'étais la seule à l'avoir remarquée, personne autour de moi ne donnait l'impression de s'en être rendu compte. Comment était-ce possible au vu de l'importance de l'émanation ? Avais-je un problème avec mon sens de l'odorat ? Avait-il lui aussi subi des modifications ?

Ce soir-là, toujours sans appétit et perturbée, je rejoignis directement ma chambre sans passer par la salle à manger commune. L'odeur rebutante, qui m'avait poursuivie tout le jour durant, semblait amoindrie dans cette pièce, mais n'avait pour autant pas disparu, comme si mon corps en était imprégné.

Exténuée, je ne m'arrêtai pas devant le miroir, je ne souhaitais pas croiser mon nouveau reflet, je voulais tout oublier, je n'aspirais qu'à me coucher. La nuit passa rapidement puisque je dormis d'une seule traite.

Le matin qui suivit, mon agitation ne s'était pas atténuée, au contraire, j'avais l'impression qu'elle s'était intensifiée sans que je ne puisse plus la maîtriser. Je ressentis au fond de moi une fureur latente qui n'attendait qu'un prétexte pour se déverser et ensevelir quiconque se mettrait en travers de son passage.

L'arrêt devant mon miroir n'apaisa en rien mon esprit. Les excroissances de la veille avaient poussé et s'apparentaient désormais davantage à de véritables bois d'animaux, mes dents, quant à elles, étaient maintenant semblables à des crocs. Le teint grisâtre, mon visage était lui plus creusé que le jour précédent, je ressemblais à un cadavre se tenant debout. De plus, à présent, ma tête n'était plus la seule atteinte par des modifications, le long de mon corps, mes poils habituellement fins et épars étaient devenus abondants, broussailleux et foncés.

Je m'accroupis, découragée, embrouillée, ne bougeant pas durant de longues minutes, recroquevillée sur moi-même. Que pouvais-je donc faire ? Je me voyais confrontée à des événements surréalistes et incompréhensibles, mais j'étais coincée ici, je ne pouvais en parler à personne, je ne pouvais contacter personne, j'étais esseulée et désemparée face à cette situation. Je ne pouvais rien faire seulement assister impuissante à ces changements qui s'effectuaient en moi.

Je ne fus tirée de mon état que par l'obligation dans laquelle je me trouvais de devoir rejoindre au plus vite la même réunion que chaque matin. Je camouflai avec peine toutes les altérations physiques auxquelles j'avais dû faire face et qui étaient bien plus importantes que la veille.

J'étalai une couche plus épaisse encore de maquillage, crêpai plus encore mes cheveux auxquels j'avais ajouté un bandeau que j'avais posé sur les bois et je mis des vêtements longs en vue de cacher les poils qui jonchaient les différentes parties de mon corps. Par chance, chacune de mes astuces fonctionna puisqu'une fois de plus, personne ne remarqua quoi que ce soit.

Malheureusement, je n'étais pas au bout de mes déconvenues, je n'eus pas de répit de la journée. En effet, l'odeur de la veille, plus présente que le jour précédent, était devenue entêtante, si imposante qu'elle m'empêcha de me concentrer sur autre chose, je fus distraite à chacun des rassemblements. J'eus l'impression par ailleurs que ces effluves semblaient s'exhaler des corps des individus à proximité.

La colère qui m'avait envahie depuis le matin fut quant à elle difficile à contrôler, chaque personne m'entourant m'exaspérait au plus haut point et chaque parole, chaque mouvement, chaque expression du visage de tous les occupants faisait monter en moi une agressivité, une violence même que je contins avec peine.

À bout de nerfs, j'avais décidé de m'isoler une nouvelle fois. À cette frustration s'ajoutait le fait que je n'avais que très peu mangé ces derniers jours et le manque d'appétit avait entraîné une certaine sous-nutrition. Cela dit, aujourd'hui, l'inappétence avait cédé sa place à une sensation de faim extrême, comme si un puits sans fond s'était logé au creux de mon estomac.

Cependant, curieusement, la moindre pensée à un quelconque aliment m'écœurait au plus haut point, me donnant presque des haut-le-cœur. Je rentrai dans ma chambre, irascible, affamée, telle une morte-vivante déambulant à la surface de la Terre. Je me couchai immédiatement.

Au matin, mes attraits physiques me faisaient ressembler plus à un animal qu'à un être humain. Mes bois étaient plus longs et épais, la peau recouverte de poils, mon visage squelettique, et de ma bouche sortaient des crocs acérés.

Malgré cela, je me sentais revigorée, pleine de force, pénétrée d'une puissance inhabituelle. La rage de la veille avait laissé place à de l'enthousiasme s'apparentant quasiment à de l'euphorie. J'étais heureuse, bien dans mon corps et dans ma tête pour la première fois depuis bien longtemps. Le poids qui pesait depuis tant de temps sur ma poitrine avait disparu, je respirai enfin à pleins poumons et m'apprêtai à profiter pleinement de ce nouveau jour.

À nouveau, grâce aux soins divers que j'avais apportés aux fins de les camoufler, qui m'avaient donné ce matin beaucoup de difficulté et que j'avais donc dû pousser plus loin, mes changements physiques, pourtant considérables, passèrent inaperçus auprès des autres.

Lors des multiples assemblées obligatoires, je ne pus chasser de mon esprit l'odeur de chair qui se dégageait des individus autour de moi. Étonnamment, cette fragrance ne me rebutait plus aujourd'hui, elle semblait au contraire attiser mon appétit grandissant, m'enivrer. Je demeurai le reste de la journée à observer avec appétence les différentes parties du corps des personnes près de moi, je ne pus en détacher mon regard.

J'avais la sensation que résonnaient dans mes oreilles les battements de cœur de chaque être qui s'approchait de moi, ils se faisaient plus fort à chaque instant. Cette mélodie sonnait avec grâce et faisait écho tout à l'intérieur de moi. Harmonieuse et agréable, elle ravit mon ouïe et me subjugua tout au long des heures qui s'écoulaient. Je ressentais alors une vive exultation à laquelle se couplait une impatience équivalente à l'attente grandissante du prédateur guettant sa proie.

Le soir venu, je me joignis au repas dans la salle commune, mais n'avalai rien, je me contentai d'observer mes compagnons, me délectant du parfum qui émanait de leurs corps. Je m'attardai ainsi jusqu'à la fin du service. Je me sentais si bien, si détendue. Ce fut un intervalle de plaisir sans mesure. Une question s'insinua alors dans mon esprit alors que j'étais ce soir dans un rôle passif. Devrais-je me nourrir bientôt moi aussi ?

Lorsque le moment fut arrivé de retourner dans nos chambres, je ne m'allongeai pas, je m'assis sur le bord de mon lit, patientant jusqu'à ce que le reste de mes camarades plonge dans le sommeil. Au bout d'un certain temps, alors que le silence avait envahi les lieux, je me levai et sortis dans le couloir. Je profitai dans un premier temps de l'odeur alléchante de viande humaine qui emplissait mes narines et j'écoutai, telle une musique me charmant, les battements de cœur qui vibraient à mes oreilles comme s'ils n'attendaient que moi.

Après cet instant de ravissement, j'entrai dans la chambre voisine à la mienne. Là, un des pensionnaires était paisiblement endormi, je m'approchai alors sans bruit pour ne pas le réveiller. Me penchant vers lui, je humai l'arôme qui se dégageait de son corps. Le fumet envoûtant eut pour effet de faire apparaître immédiatement mes crocs nouvellement formés.

Affamée depuis tant de jours, je peinai à réprimer mes instincts. Devant un mets si appétissant, je ne pus me contenir plus longtemps, je plantai mes canines dans sa poitrine, je m'enfonçai plus profondément, déchiquetant, éloignant les chairs et tout obstacle qui pourrait empêcher la recherche du bien tant convoité qui ne cessait de m'appeler, son cœur…

Aussitôt, une alarme se déclencha, infirmiers et agents de sécurité arrivèrent avec précipitation devant la porte de la chambre 107. Ils eurent beaucoup de mal à détacher l'assaillante de sa victime et plus encore à la sortir de la pièce. Cette dernière était dans une rage folle, telle une furie, elle se débattait avec force, griffant, frappant et mordant quiconque la touchait. Tout en bataillant, elle hurlait, les mettant en garde.

— Vous ne pouvez rien contre moi, pauvres mortels, aucun d'entre vous ne fait le poids face à moi, je vous dévorerai tous et je me délecterai de chaque parcelle de vos corps.

Seule l'administration d'un puissant calmant réussit à calmer la frénésie de la jeune femme.

L'incident avait plongé l'hôpital psychiatrique dans le chaos le plus total. Alors que l'on évacuait le couloir et emmenait l'attaquante, une infirmière qui assistait au spectacle navrant se pencha vers l'une de ses collègues.

— J'ai lu son dossier psychologique et ses antécédents, c'est exactement de cette manière qu'elle a assassiné son mari. Elle lui a même dévoré le cœur se justifiant en disant que c'est comme cela que se nourrit un wendigo. Elle était persuadée que son corps avait subi des transformations et qu'elle était devenue l'une d'entre eux.

Tout en parlant, elle regarda avec une plus grande attention les cheveux de la patiente qui se faisait évacuer. L'espace d'un petit instant, elle crut apercevoir deux excroissances ressortir de la masse. Elle secoua la tête, se frotta les yeux, puis observa à nouveau la femme qui était maintenant plus loin dans le couloir, cette fois-ci elle ne vit rien. Elle se persuada donc qu'il s'agissait certainement là d'une illusion.

Le wendigo

Issu de la mythologie amérindienne, le wendigo est un être anthropophage. Lié au froid, à la famine et au tabou du cannibalisme, il serait le résultat d'un humain transformé après avoir consommé la chair de ses semblables ou après avoir été possédé par un esprit de wendigo. Physiquement proche d'un cadavre géant, il est insatiable et est doté d'une force sans pareille dont il fait usage dans sa quête inlassable de victimes à dévorer.

L'OCÉAN SALVATEUR ?

Seule assise à contempler l'océan, Callie s'autorisa enfin à relâcher ses émotions. Bercée par le simple bruit de l'eau qui allait et venait, lentement, dissimulant le son de ses pleurs, elle pouvait en fin de compte libérer le trop-plein d'émois qui l'assaillait. Quand cesserait-elle d'être déçue par autrui ? Pourrait-elle accéder un jour à un semblant, non pas de bonheur, elle n'en exigeait pas tant, mais au moins de tranquillité de l'âme et de l'esprit ? Elle en doutait.

— Pourquoi pleures-tu ?

Interpellée par une voix inconnue qui vint troubler le calme des lieux et sa solitude, Callie releva brusquement la tête en vue d'identifier la provenance de celle-ci. Devant elle, une créature mystérieuse lui faisait face. Surprise, par la vision inattendue qui s'offrait à elle, Callie demeura sans bouger tandis que ses yeux, eux, commencèrent à détailler la physionomie inédite de l'être qui était sorti de l'écume et reposait à présent à demi allongé sur un gros rocher.

La forme globale de sa silhouette présentait des caractéristiques s'apparentant à l'être humain tel que des membres supérieurs pouvant évoquer deux bras, ainsi qu'une tête ressortant au sommet, mais il s'en différenciait cependant. En premier lieu de par l'aspect de son corps long et très mince, qui arborait une couleur vert bouteille devenant plus foncée aux extrémités tirant alors presque sur le noir. Sur ces parties plus sombres, des écailles recouvraient la peau de la créature.

Le buste, lisse comme un poisson d'où dépassaient des côtes proéminentes, était lui aussi parsemé de cette pellicule écailleuse à plusieurs endroits sur le haut du tronc et le bas-ventre, donnant l'idée d'une armure naturelle qui protégerait les zones les plus fragiles. Chaque hanche était couverte d'une paire de branchies. À l'arrière de chaque bras se trouvaient des nageoires charbonnées qui recouvraient l'intégralité du membre.

Concernant la tête, celle-ci était plus allongée que celle d'un être humain, ici encore le vert se dégradait du plus clair au plus foncé en partant du centre vers l'extérieur de celle-ci. La figure était plate et uniforme, sans aucune proéminence. Ses yeux étaient de petite taille et noirs, sans paupières, la créature ne possédait pas de nez, et sa bouche était formée par un interstice orné de ce que l'on pourrait comparer à des lèvres très minces et transparentes. Sur chaque côté, à l'endroit où se situent les joues de l'être humain, se trouvait une paire de fentes branchiales. Le haut de la tête se terminait par cinq branchies en forme de fougère, identiques à celles portées par les axolotls, sombres et abaissées en arrière, elles donnaient l'illusion d'une chevelure.

La plus grande dissemblance reposait dans le bas du corps. Ici, pas de jambes, mais une queue aquatique parée de centaines d'écailles teinte sapin se chevauchant les unes les autres, qui finissait par une large nageoire carbone d'apparence fine et nervurée qui fouettait la roche avec vigueur. L'allure générale de la créature donnait une impression majestueuse, de beauté considérable, mais aussi de puissance.

Après cet examen détaillé du physique noble, Callie reprit ses esprits et revint à la réalité. La stupeur passée, elle ne sut que faire. Devait-elle fuir ou rester pour en découvrir plus ?

— Qui êtes-vous ? lança-t-elle finalement emportée par un élan de curiosité plus important que la peur qu'elle éprouvait. Je me sens quelque peu embarrassée de poser une question si absurde, mais, êtes-vous une sirène ?

— Tu peux me nommer ainsi oui.

— Comment est-ce possible ? Que faites-vous là ?

— J'ai entendu tes pleurs du fond de l'océan. Ta profonde détresse m'a pour ainsi dire appelée ici. Tu sembles si malheureuse. Souhaiterais-tu ouïr mon chant pour apaiser ta peine ?

— Je doute qu'une simple chanson puisse atténuer mes tourments. Mais tu peux chanter si cela te fait plaisir.

La sirène commença alors. Les premières notes qui s'élancèrent de sa bouche et parvinrent jusqu'à Callie produisirent un impact inattendu, inespéré. Elle eut la sensation d'un effet anesthésiant sur toute émotion négative, d'une consolation subite.

Enveloppée dans ce manteau musical protecteur, elle se sécurisa. Adoucie, elle profita de chaque instant de ce refrain qui bâtissait un mur immunisant autour de ses sentiments, et dont chaque son semblait recueillir les pièces éparpillées de son être déchiré dans le but de les réunir pour ne reformer en définitive plus qu'un. Ce moment perdu dans un ailleurs lui parut durer à la fois une éternité, mais aussi se terminer bien trop tôt.

— As-tu aimé ?

— Oh oui, énormément ! Je ne saurais en expliquer la raison, mais il a sonné de manière si douce, si ensorcelante, comme s'il m'attirait vers lui sans que je ne puisse lui résister, et qu'une fois près de lui il absorbait tout mon chagrin.

— Pourquoi ne viendrais-tu pas te joindre à moi ?

Ce monde te rend si triste. Pourquoi ne partirais-tu pas avec moi ? Je chanterai pour toi, et ôterai toute ta douleur. Je te promets qu'avec moi, tu ne ressentiras plus jamais la peine, la solitude, tu n'éprouveras plus rien de tel. Laisse cette vie douloureuse derrière toi. À mes côtés, tu trouveras la paix. Je t'accompagnerai et ferai en sorte que tu n'aies plus à souffrir ainsi.

— C'est impossible. Tout d'abord, car je suis une humaine, je n'ai pas les attributs physiques nécessaires pour survivre dans ton monde. Cela serait irréalisable même si je le voulais.

— Ne t'inquiète pas pour ces détails. La question est plutôt de savoir si tu en as envie.

— Je... je ne suis pas certaine...

— Tu n'es pas forcée de me répondre dans l'immédiat, l'interrompit la créature. Je comprends ta réserve, ta crainte de l'inconnu. Un tel changement n'est pas une décision aisée à arrêter. Rentre chez toi, réfléchis-y. Quand tu auras fait ton choix, si ton souhait est de me rejoindre, tu n'auras qu'à te présenter ici même, te plonger dans l'océan, et je viendrai immédiatement t'accueillir. En attendant, prends ceci.

La sirène s'approcha et déposa sur le sable un coquillage avant de replonger dans l'eau.

— Pourquoi me donnes-tu ce coquillage ?

— Si tu as besoin de réconfort, place-le à ton oreille, tu entendras alors mon chant.

— Merci, dit Callie tout en se saisissant du présent.

— Ne me remercie pas encore.

Sur ces mots, la créature disparut dans les profondeurs d'où elle avait émergé.

Le soir, allongée dans son lit, Callie repensa à la proposition qui lui avait été faite. Devait-elle l'accepter ? Devait-elle s'en remettre à cet être inconnu qui lui promettait un avenir chimérique ? Après tout, celle-ci avait raison, elle ne pouvait se fier à personne ici-bas, chacun ne pensait qu'à son propre intérêt. Tout dans ce monde n'avait fait que la rendre plus misérable à chaque jour qui passait. Pourquoi alors ne pas s'aventurer dans cette nouvelle vie ? Pourquoi ne pas saisir cette opportunité qui s'offrait à elle d'intégrer un univers meilleur, une existence loin de l'être humain qui n'avait eu de cesse de la blesser ? Peut-être pourrait-elle enfin espérer un peu de paix.

Tout en s'interrogeant, Callie attrapa le coquillage qu'elle avait placé sur sa table de nuit. Elle l'accola à son oreille tout comme la créature le lui avait dit, instantanément le chant se fit entendre. Une fois de plus, l'effet sécurisant, réconfortant s'exerça. Une certaine béatitude se diffusa en elle, prenant possession de son esprit. Elle s'endormit en peu de temps accompagnée par ce chant presque hypnotique.

Au matin, Callie avait pris sa décision. Elle retourna sur le site qu'elle avait visité la veille afin de retrouver cette nouvelle connaissance qui s'était engagée à la sauver. Elle ôta ses chaussures et pénétra dans cet océan si cher à son cœur pour la dernière fois.

Elle repensa à ce sentiment qui avait persisté au fond de son être tout au long de sa vie. Cette conviction omniprésente de ne jamais avoir eu sa place dans ce monde. Comme si celui-ci ne pouvait la comprendre et qu'en retour elle ne le comprenait pas non plus. Sa présence sur le sol de cette Terre n'était-elle que le fruit d'une regrettable erreur ? Cet océan qui l'avait toujours réconfortée serait-il finalement son sauveur ?

Maintenant, elle s'avançait de plus en plus, l'eau qui quelques secondes auparavant lui caressait seulement les pieds commençait désormais à envelopper son corps. Les vagues en mouvement dansaient autour d'elle, passant d'une rythmique calme et douce à une chorégraphie passionnée la seconde d'après.

Petit à petit, l'onde resserrait son étreinte, tels deux bras accueillants et réconfortants dont le but était d'apaiser l'âme. Bientôt, seul son visage dépassait encore de cette immensité océanique. Enveloppée dans ce cocon aquatique, Callie leva les yeux vers le ciel dans le but de le contempler une dernière fois. Le soleil lui réchauffait la peau dans une délicate caresse. Quand arriverait la créature qu'elle attendait avec espoir ?

Apaisée, elle ferma les paupières, relâchant les muscles crispés qui la maintenaient à la surface, elle se laissa submerger. Elle se concentra sur les battements de son cœur et sa respiration qui diminuaient peu à peu. Son esprit devenait vaseux, elle ne sentait presque plus le reste de son corps, seulement le froid qui s'emparait d'elle.

Alors qu'elle s'enfonçait et commençait à perdre conscience, elle perçut un mouvement brusque de l'eau autour d'elle puis un second. L'instant d'après, sa main se fit empoigner. Elle ouvrit les yeux et reconnut la sirène qui était là pour elle. Rassurée, un sourire se dessina sur ses lèvres.

Rapidement, son amie fut rejointe par une de ses semblables, puis une autre, Callie fut sous peu entourée par six d'entre elles. La créature ne vivait donc pas seule, il s'agissait de toute une espèce. Callie avait hâte de découvrir ce monde et ce peuple étranger, où, elle en était persuadée, elle résiderait en harmonie avec autrui.

Chacune d'entre elles s'accrocha à elle fermement, saisissant ses bras, ses jambes, sa taille. Toutes ensemble, elles commencèrent à l'emporter. Elle se laissa faire, se sentait paisible tout en ne quittant pas du regard la première dont elle avait fait la connaissance.

Callie fut toutefois étonnée lorsque celle-ci serra plus fortement encore son poignet. Elle lui faisait si mal. Ne pouvant s'exprimer par la parole, elle tenta de lui faire comprendre sa pensée en bougeant son avant-bras. Mais alors qu'elle s'efforçait de se défaire de la prise, l'autre appuya plus violemment. Ses congénères qui l'entouraient en firent de même. Pourquoi cette brutalité soudaine ? Callie secoua la tête en direction de la créature pour manifester son trouble.

La réponse qu'elle reçut ne fut pas celle qu'elle attendait, au contraire. Le visage agréable, amical qui lui faisait face se métamorphosa subitement, son expression devint plus menaçante, terrifiante. Ses yeux jusqu'alors petits et ronds s'élargirent prenant maintenant une grande part de la figure, tandis que des marbrures pourpres traçaient un chemin dans le noir de jais de la pupille. Les cinq branchies fougères se redressèrent sur la tête en une crête pourvue de dizaines de minuscules excroissances épineuses. Les écailles de son corps à présent à la verticale se firent tranchantes. Celles en contact avec le poignet de Callie lui tailladèrent la peau, des gouttes de son sang s'en échappèrent et se mélangèrent au liquide salé de l'océan.

Un sourire narquois s'afficha sur le semblant de lèvres, dévoilant ainsi quatre rangées de dents, deux sur la mâchoire supérieure et deux sur l'inférieure dans une symétrie parfaite. Fines, droites, saillantes, et affûtées, elles exprimèrent sans équivoque l'intention de leur porteuse. Les autres entamèrent la même transformation, puis toutes se mirent à chanter.

Cette fois-ci, l'effet de ce dernier fut différent des précédentes écoutes, il ne lui permit pas de se rassurer. Il eut pour conséquence de l'engourdir, elle perdit la possession de ses mouvements, très vite, elle se trouva paralysée. Elle ne pouvait plus se débattre et se retrouva totalement à la merci des assaillantes. Elle ne put pas non plus se défendre lorsqu'elles plongèrent leurs dents acérées dans diverses parties de son corps.

Après les avoir plantées, elles resserrèrent leurs mâchoires, emportant chacune avec elle un morceau de chair conséquent qui s'évanouit immédiatement broyé par les rangées de crocs. Sans plus attendre, elles reprirent une bouchée, puis une autre, elles continuèrent ainsi, affamées.

Callie était certes dans l'incapacité de se mouvoir, mais elle ressentait chaque attaque, chaque douleur, sa dépouille découpée, éparpillée, dévorée. Elle observait son sang s'écouler autour du groupe, d'abord en une petite quantité qui se fit finalement considérable à mesure que son corps disparaissait. Il constituait à présent un nuage aqueux étendu qui dessinait la toile de fond de sa propre ruine.

La détresse, l'incompréhension face à cette trahison se lisaient sur le visage à moitié déchiqueté de Callie. La sirène planta alors son regard dans le sien.

— Tes yeux semblent me supplier, et attendre désespérément une explication, s'amusa la créature dont la voix résonnait dans sa tête. La vérité est qu'il n'y a rien de plus délectable, aucun mets plus extasiant, plus succulent que la chair d'un être humain désespéré.

Après ces quelques mots, elle continua avec un appétit vorace sa dégustation.

Les sirènes

Les sirènes sont des créatures fabuleuses très présentes dans les légendes maritimes. Possédant une constitution à la fois humaine et animale, elles sont représentées comme pourvues d'un corps d'oiseau dans la mythologie grecque, tandis que les contes nordiques les dotent d'attributs semblables à ceux des poissons, image qui est aujourd'hui la plus retenue. Nombre de navigateurs affirment avoir croisé leur chemin. Les mythes racontent qu'elles détiendraient le pouvoir de couler des bateaux et de séduire les marins par leur chant. Elles les rendraient fous avant de les emporter dans les profondeurs.

LA PERLE DE LA CONNAISSANCE

Sous une pluie battante, j'arrivai sur la scène de crime où je pus constater à nouveau de la singularité du meurtre qui avait été commis ici. Pour la cinquième fois en seulement trois semaines, je découvris la victime, un homme, baignant dans une mare de sang qui s'était étendue sous lui et mélangée à de la boue en raison de l'averse. Sa poitrine était grande ouverte, sa cage thoracique arrachée, le cœur et le foie manquants.

Malgré l'accumulation des cadavres en peu de temps, je n'avais pas le début de la moindre piste dans cette affaire sordide qui sortait de l'ordinaire. Aucun indice, aucun résidu, aucun ADN, aucune fibre, aucun fluide, rien n'avait été retrouvé ni sur les hommes ni sur les scènes de crime.

L'état des corps aurait même pu faire douter qu'il s'agisse de l'œuvre d'un être humain tant il avait nécessité une force prodigieuse pour infliger de tels dégâts. Après la découverte dans un parc d'un premier corps, la mort avait d'ailleurs d'abord été attribuée à un animal. Cependant, cette hypothèse s'était effondrée avec l'apparition quelques jours plus tard d'une deuxième dépouille.

Cette fois-ci, pourtant, dès mon arrivée une différence notable me frappa. Alors que jusqu'à présent, les victimes avaient toutes été retrouvées la bouche grande ouverte et ensanglantée, celle de l'homme étendu était ici fermée. Le coupable aurait-il dans la précipitation commis une erreur ? Tenais-je enfin le premier indice qui me permettrait de commencer réellement mes investigations ?

Lorsque nous l'ouvrîmes, nous pûmes apercevoir au fond de la gorge de ce dernier, une perle immaculée en nacre. Qu'est-ce qu'un tel objet pouvait bien faire là ? Était-ce une signature de l'assassin ? Un oubli de sa part ? En dépit du caractère inattendu, incompréhensible de ma découverte, je ne pouvais pas la mettre de côté, car il s'agissait de l'unique élément que j'avais.

La perle fut emportée par les services d'analyse à dessein d'être examinée. Malheureusement, après plusieurs jours d'une attente qui me parut interminable, durant laquelle je ne fis que tourner en rond, je reçus un retour négatif, ils n'avaient rien pu en tirer. Je ne pouvais pas laisser échapper ainsi l'opportunité inespérée qui m'était donnée d'avancer enfin dans cette affaire. Je ne pouvais pas ignorer ce seul indice.

J'entrepris donc de l'apporter pour expertise à un antiquaire auquel je m'adressais souvent, dans l'intention de l'interroger sur cet objet inconnu et de savoir s'il pourrait en déterminer l'origine. Discrètement, j'emportai le bijou nacré avec moi sans en parler à personne, je n'avais pas de temps à perdre à attendre les autorisations nécessaires.

Arrivée à la boutique d'antiquités, je sortis délicatement la perle de son sachet. Et, alors même que je portais des gants pour ne pas la contaminer, au moment où je m'en saisis, je fus en proie à un malaise soudain. J'eus l'impression que la bille de nacre soupesait plus qu'elle ne le devrait au creux de ma main. Mes sens commencèrent à s'altérer.

Mon ouïe faussée, je ne pus bientôt plus rien entendre, simplement le son de ma respiration, les battements de mon cœur qui permettaient à mon sang de circuler dans mes veines, sang dont je pus suivre le trajet en intégralité au travers de mon corps.

Ma vision s'embruma, je m'égarai dans une réalité délirante. En effet, je vis une nuée opaque provenant du sol amorcer une remontée le long de mes jambes, s'enroulant autour de moi, tout en m'enserrant pour m'empêcher de bouger, elle me compressait, m'écrasait, mes os craquèrent sous sa virulence. Peu à peu, je sentis en conséquence ma force me quitter, je ne percevais plus que quelques fourmillements au bout de mes membres. Abandonnée dans cette illusion, j'étais projetée à l'extérieur de mon être.

Ce n'est que lorsque l'antiquaire haussa la voix pour m'interpeller que je repris mes esprits. Celui-ci me précisa qu'il m'appelait depuis un moment déjà. Je m'excusais auprès de lui de cette perte d'attention.

L'enquête éprouvante de ces dernières semaines avait laissé sur moi des marques profondément ancrées, surmenée, j'étais à bout, je commençais à perdre pied. J'avais par le passé été à plusieurs reprises confrontée à des cas complexes, mais jamais aucun ne l'avait été autant que celui-ci, jamais aucun ne m'avait tant remuée. Quand tout serait terminé, j'aurais certainement besoin de prendre un peu de repos et de recul pour récupérer de tout cela.

Je montrai la perle à l'antiquaire et après s'être absenté à l'arrière de la boutique durant de longues minutes pour ses recherches, il revint avec un ouvrage épais et ancien qu'il ouvrit devant moi tout en me désignant une page en particulier.

— Vous voyez, voici votre objet, s'exclama-t-il tout en pointant l'illustration qu'il me présentait. Elle est communément appelée « perle du renard ». Selon la légende, elle serait la source du pouvoir du Gumiho que vous connaissez peut-être sous le nom de renard à neuf queues. Vous pouvez en observer une représentation sur la page de gauche. Il est dit que le Gumiho se métamorphose en être humain dans le dessein d'attirer ses victimes et d'absorber leur énergie en plaçant cette perle dans leur bouche lors d'un baiser, avant de s'emparer de leur foie et leur cœur pour s'en repaître.

Voilà donc pourquoi j'avais retrouvé la bille nacrée dans la cavité buccale de l'homme. Je ne croyais évidemment en aucun cas à la légende décrite par l'antiquaire, mais je saisis alors qu'il s'agissait certainement là de l'œuvre d'un détraqué qui utilisait ce mythe en guise de signature. Bien que vague, je compris que cet élément pouvait s'avérer être un plus pour moi.

Après être passée au poste de police pour redéposer la perle dans le dossier des pièces à conviction, je rentrai chez moi, épuisée par tous les événements. Je pris une douche rapide immédiatement après être arrivée, puis j'avalai un repas léger. Après avoir relu pour la énième fois les différents documents, je me couchai quelque temps après seulement, complètement exténuée.

Depuis de longues semaines maintenant, je n'avais pas eu une seule nuit de vrai repos. En effet, elles étaient remplies de cauchemars, d'épouvantables rêves où se mêlaient sang et horreur hantaient mon esprit. Cette affaire m'avait, semblait-il, vraiment très atteinte. Certains matins, je me réveillai plus éreintée qu'avant d'aller dormir.

Je m'allongeai dans le lit pensant m'endormir promptement en raison de la fatigue, mais ce ne fut pas le cas, je peinai à trouver le repos. Je ressassai alors les éléments, je visualisais les corps, les scènes de crime, je repensais à la perle dont je connaissais à présent l'origine, toutes ces images se bousculaient dans ma tête en un tourbillon perturbant d'incertitude, de questionnements sans réponse. Il me fallut plusieurs heures avant de finalement parvenir à entrer en sommeil.

Je devais m'être assoupie depuis quelques minutes à peine, lorsque je fus réveillée par des bruits étranges. J'eus l'impression de percevoir un son lointain de respiration haletante qui se rapprochait, auquel s'ajouta un grognement rauque. Je me redressai rapidement, assise sur le lit, ce que je vis à cet instant me laissa sans voix.

Postée derrière la porte une ombre imposante m'observait. De là où j'étais, je ne pus rien distinguer à cause de l'obscurité de la pièce. Étais-je en train de rêver ? Ce ne devait être qu'une duperie de mon imagination. Pourtant, l'atmosphère se fit tout à coup étouffante. À cela s'ajouta une odeur pestilentielle qui me parut provenir de cet endroit et qui manqua de peu de me faire rendre ce que j'avais dans l'estomac. Alors que j'étais immobile, mutique, déstabilisée, la chose se mit en mouvement.

Tandis qu'elle se rapprochait de moi et que ma vision s'était un peu adaptée au manque de lumière, je pus enfin distinguer une forme reconnaissable semblable à un animal de taille imposante. Lorsque la tête du semblant de créature se dégagea de derrière la porte, j'aperçus un museau fin et saillant jonché de longs crocs aiguisés, d'où s'écoulaient des gouttes de bave. Le contact de cette dernière avec le sol engendra un écho assourdissant qui résonna dans tout l'espace environnant. Deux grandes oreilles pointues sortirent de l'ombre, puis je constatai qu'une épaisse fourrure hirsute et immaculée recouvrait l'intégralité du corps. Ses quatre pattes allongées aux griffes acérées s'enfoncèrent par la suite dans le parquet de ma chambre occasionnant un bruit suraigu qui fit vibrer mes tympans de douleur, si bien que je dus un instant couvrir mes oreilles de mes mains.

Cependant, malgré tout cet aspect terrifiant, ce ne fut rien de tout cela qui interpella le plus mon attention. En effet, accrochées à la croupe de la bête, de multiples queues flottaient avec vigueur et force, fouettant et fendant l'air en deux dans un sifflement à chaque mouvement. Déployées à travers la pièce, elles en occupaient tout l'espace. Dans mon observation, je pus en compter neuf, leurs extrémités étaient quant à elles rouge sang. De ces dernières émanait une aura de puissance, mais aussi de chaos. Comme si un simple geste de leur part pourrait détruire tout ce qui les entourait. La danse folle rendait l'air plus pesant, mon corps était de ce fait bloqué, incapable d'effectuer la moindre action, fusionné avec le lit.

En y réfléchissant, la physionomie de la créature ne me semblait pas étrangère. Passant au-dessus de l'état de perturbation profond dans lequel je me trouvais, je m'efforçai de retrouver le chemin de la raison et je saisis alors que l'image qui s'offrait à moi était similaire à celle que j'avais vue plus tôt dans la journée dans l'ouvrage de l'antiquaire. Ma créativité me jouait donc là un mauvais tour en recréant dans un rêve le renard de la légende du Gumiho.

La bête imaginée qui s'était immédiatement stoppée après s'être révélée, se contentant de me jauger de son regard ébène, poussa soudain un glapissement épouvantable qui me pétrifia. Cela sembla si réel. Puis, l'entité terrifiante commença à avancer à nouveau lentement vers moi. Chacun de ses mouvements amples dégageait une intensité impénétrable qui emplissait la pièce d'une force maléfique hostile à tout mon être. Le bruit des pas résonnait avec fracas, comme si le son s'était directement introduit au plus profond de mon crâne me provoquant instantanément d'affreux maux de tête. Bientôt, l'animal avait atteint le rebord de mon lit.

Je tentai de me forcer à me réveiller, d'ordonner à mon esprit de cesser ce cauchemar absurde, mais je n'y parvins pas, mon inconscient se montra plus fort que ma volonté de sortir de ce songe d'épouvante. Je me trouvai donc contrainte de rester là perdue dans cette folie. Étant toujours dans l'incapacité de bouger, je n'étais alors que spectatrice de la scène irréelle se déroulant devant moi.

Le monstre illusoire n'était désormais qu'à quelques centimètres de mon visage, il ouvrit sa gueule comme pour me donner le loisir d'admirer plus en détail ses longs crocs affûtés. Son haleine, pourtant brûlante, refroidit en l'espace d'un instant l'intégralité de mon corps. Parvenant jusqu'à moi, la traînée fumante s'enroula progressivement autour de mes membres tel un manteau nébuleux. Ma peau en fut recouverte de frissons.

Chacun de mes sens était malmené, torturé, par tout ce qui provenait de l'être en face de moi. Les yeux de la bête, noirs et perçants, dégageaient une certaine lueur de satisfaction, comme si la peur qui m'habitait ne faisait que nourrir sa force, et sa vanité. Il s'approcha de mon oreille.

— Je te conseille de rester à ta place, et de me laisser agir à ma guise.

La voix de l'entité était grave, rocailleuse, terrifiante. Ses mots résonnèrent en tant que présage d'un funeste destin si je ne répondais pas à ses attentes. Cela était une véritable mise en garde. L'instant d'après, la créature avait disparu.

Le lendemain, je me réveillai difficilement, la nuit n'avait été d'aucun repos. Aussitôt, le souvenir de mes divagations nocturnes me revint en mémoire. J'observai autour de moi, tout était comme à l'habitude. Ce cauchemar horrible avait été si réaliste, si réel que j'avais eu l'impression de ressentir chaque sensation comme si j'étais éveillée.

Je sortis péniblement du lit et avançai en direction de la cuisine. Je fus stoppée brutalement en chemin par la vision de la boule de nacre posée sur ma veste entreposée sur le meuble de l'entrée. Comment avait-elle pu se retrouver là ? J'étais pourtant persuadée de l'avoir déposée dans le dossier avec les pièces à conviction la veille. Serais-je si fatiguée, perturbée, que je serai revenue chez moi avec sans même y faire attention ?

Lorsque j'arrivai au commissariat, la première chose que je fis fut d'aller vérifier le sachet censé contenir la perle. J'avais espéré m'être trompée, mais comme je m'y attendais, il était vide. Je perdais réellement la tête. Une question s'imposa d'elle-même à moi sans que je ne puisse m'y opposer. Cet événement serait-il lié à mon apparition nocturne ? Cela n'avait-il vraiment été qu'un rêve? Non, c'était impossible! Cette réflexion était absurde, insensée. J'avais simplement oublié de la rendre, même si j'avais cru l'avoir fait. Je remis la perle en place et revérifiai à deux reprises en vue d'être cette fois-ci sûre de moi.

Je rejoignis ensuite l'extérieur en quête de nouvelles informations. Tout en marchant, j'eus l'impression de ne pas être seule dans mes déplacements, comme si j'étais suivie, tracée, l'anxiété tenta de prendre l'avantage sur moi, mais je l'en empêchai, je devais être plus forte que ces hallucinations invraisemblables.

Je sentais tout autour de moi
des forces malsaines qui se pressaient contre chacun de mes membres. Mon corps était une nouvelle fois pesant. J'avais le sentiment de me déplacer à l'intérieur d'obscurs abîmes, prisonnière de l'étreinte d'un être malveillant.

Je m'efforçai tout de même de continuer ma progression, jusqu'à ce que sur le sol, je croie apercevoir, l'espace d'un bref instant, l'ombre de neuf queues qui s'agitaient dans un va-et-vient frénétique. Je me retournai, il n'y avait rien autour de moi. Pourtant, la seconde qui suivit, j'entendis le son d'un grognement étouffé résonner à mes oreilles. Je restai interdite sur place. Tout ceci était le fruit de mon imagination et de la fatigue. Je ne devais pas céder à cette faiblesse de mon esprit.

J'eus le sentiment que tout avait commencé lorsque j'avais trouvé la perle. Serais-je maudite ? Hantée ? Se pourrait-il que je sois la cible d'un fléau occulte pour m'être mise en travers de phénomènes que je ne comprenais pas ? Non ! Cela n'était pas envisageable, de telles choses n'existaient pas et n'étaient que le fruit d'histoires inventées. J'étais bien trop terre à terre pour croire à cela. Je ne devais pas me laisser emporter par l'épuisement général qui avait affaibli mon esprit au point qu'il se joue de moi.

Après cet événement, j'eus de nouveau la certitude d'être seule avec moi-même le reste de la journée et continuai d'enquêter. Je me renseignai au sujet de la dernière victime, tentant d'établir un lien entre toutes, me procurer de nouveaux éléments, et d'en savoir un peu plus sur la légende du Gumiho. Je me mis à la recherche de personnes qui seraient obsédées par cette dernière au point de l'utiliser en tant que signature des meurtres.

Malheureusement, tout comme les trois semaines précédentes, je me heurtai à l'échec, rien ne me permit de dessiner le moindre début de réponse. Je rentrai chez moi tard, après une journée entière d'investigation infructueuse, désespérée, perdue et pessimiste quant à la suite de tout cela.

J'avais jusqu'à ce jour résolu chacune des affaires auxquelles j'avais été affectée. Je ne pouvais pas croire ni accepter que celle-ci se solde par une déconvenue, je le devais aux victimes et à leur entourage. Pour eux, je me devais de dénouer cette énigme, de leur faire justice.

Le soir venu, abattue par mon inefficacité, écœurée par mon impuissance, je retrouvai le chemin de ma chambre.

Aussitôt le pas de la porte dépassé, une certaine panique, une psychose prit possession de mon être. Je m'allongeai, mais je ne parvins pas à fermer les yeux, mes paupières résistaient comme si elles avaient pris le contrôle et disposaient de leur volonté propre. Mon corps paraissait affolé à l'idée de faire face à nouveau à une vision horrifiante.

Que m'arrivait-il ? Il n'était pas dans mes habitudes de me laisser aller ainsi et mener par mes émotions. Je devais me reprendre. Je m'agaçais alors contre moi-même me blâmant en mon sein même. La fiction devait rester là où elle était et cesser de se mélanger avec la réalité. Je ne pouvais pas continuer de la sorte à faire la confusion entre les deux. Cela devait s'arrêter immédiatement. Après un long moment d'autoconditionnement au cours duquel je m'efforçai de retrouver mon entendement, je fus gagnée par le sommeil trop harassée.

Je ne sais combien de temps il avait duré, lorsque je fus réveillée en sursaut par un fracas étourdissant. Le bruit parasite et assourdissant assiégea ma tête et mes pensées en y implantant désordre et détresse. Il était si considérable que j'eus envie de cogner mon front pour l'en déloger.

Je me levai subitement et fis face à nouveau à l'abominable créature de la veille. Je pus constater que l'horrible son provenait de ses griffes qu'il faisait glisser tout le long du bois de la porte de ma chambre, lentement, méticuleusement, du haut vers le bas, je sus qu'il cherchait à m'intimider.

— Pourquoi me pourchassez-vous ? vociférai-je

— Tu n'as pas su rester à la place qui t'était due comme je te l'avais ordonné.

Je n'eus même pas le temps de répondre qu'en un bond, l'épouvantable créature était arrivée jusqu'à moi. Je sentis alors une douleur vive et aiguë au niveau de ma gorge. Ce n'est que lorsque j'abaissai la tête, que je vis les canines de la bête plantées dans mon cou. Il resserra plus encore son étreinte tout en me soulevant de mon lit.

En raison de sa taille, je me retrouvai suspendue entre ses crocs, les pieds ne touchant pas le sol. Je sentis alors le flot de mon sang gicler de par les orifices percés par les dents pointues. J'entrevis le liquide visqueux et cramoisi se répandre sur le tapis de ma chambre tout en dessinant à présent une tache conséquente.

Petit à petit, résultant de cette perte importante, le souffle de ma vie s'évapora. Les queues du renard allaient et venaient, s'agitaient, grandissaient plus encore au fur et à mesure que mon énergie me quittait, comme si elles se nourrissaient de ma force vitale.

En peu de temps, je tombai sur le sol, inerte, dans une flaque constituée de mon propre sang. Ma conscience commença progressivement à se perdre, je ne ressentais plus aucune douleur, je ne ressentais plus rien. Je m'enfonçai dans un noir profond dont, j'en étais sûre, je ne ressortirai plus.

Le matin suivant, je m'éveillai dans mon lit comme à l'habitude. Immédiatement, je portai mes doigts à mon cou qui était intact. Je me penchai, la mare rougeâtre de la veille avait disparu, il en était de même pour les griffures sur la porte. Aucune trace, aucun témoin de la terreur que j'avais vécue dans la nuit. Étais-je en train de devenir complètement folle ? Je me levai, et fus stupéfaite lorsque je trouvai la perle du Gumiho posée sur la commode de ma chambre.

Il était certain qu'il ne s'agissait pas là de mon imaginaire. J'étais maudite, j'en étais à présent assurée. Dans quelle espèce de réalité impensable m'étais-je retrouvée impliquée ? Je n'arrivais pas, je ne voulais pas accepter ce qui était désormais indéniable.

Cet être, ce monstre, aspirait à faire le mal, il souhaitait que personne ne s'y oppose, et surtout pas moi, il me l'avait bien fait comprendre. Que faire alors ? Devais-je céder à ce chantage, à ses menaces pour ma propre sécurité ? Devais-je abandonner ma conscience professionnelle ainsi que les valeurs pour lesquelles je me battais depuis tout ce temps ? Ou devais-je poursuivre quoi qu'il en coûte, même si je devais affronter des puissances hostiles, irréelles, face auxquelles je ne connaissais pas les moyens à employer ?

Perdue, quelque peu désorientée par la situation, je rejoignis mon lit, éteignis mon téléphone, je demeurai assise, prostrée dans l'obscurité toute la journée, et la nuit qui suivirent. J'avais besoin de temps pour digérer tout cela, l'assimiler et réfléchir au meilleur comportement à adopter.

Si je choisissais de poursuivre mon enquête et de me battre contre cet ennemi particulier, il me faudrait alors réunir toutes mes forces, mon énergie, mais surtout avoir l'esprit parfaitement clair.

Le jour suivant, à mon réveil, j'étais vidée de tout tonus, et je ne me rappelai pas m'être endormie. Tous mes membres étaient endoloris comme à la suite d'un effort colossal. Pourtant, cette nuit-là, je n'avais reçu la visite d'aucune créature monstrueuse dans mes rêves. Je rallumai mon téléphone et me rendis compte que j'avais manqué de nombreux appels.

Le premier que j'écoutai datait de quelques minutes à peine. Il m'indiquait que le matin même, un nouveau corps d'homme avait été découvert dans des circonstances similaires aux cinq derniers. Je lâchai mon téléphone et plaçai ma tête entre mes mains, cela ne s'arrêterait donc jamais.

Soudain, alors que le silence dominait les lieux, ma respiration vibra de manière étrange, elle sembla plus vive, plus profonde, plus intense.

— Je t'avais bien dit de me laisser faire. On s'amuse beaucoup plus lorsque je prends le contrôle, tu ne trouves pas ?

La voix se répercuta comme si elle avait émergé de moi-même. Pourtant, je ne me trompais pas, c'était bien là celle du renard qui m'était apparu à plusieurs reprises. Je levai la tête avec précipitation dans le dessein d'observer l'endroit où ce dernier avait par deux fois fait irruption. Il n'y avait rien. La seule chose que je vis fut ma propre personne matérialisée dans le miroir qui régnait face au lit. Je n'arrivais pas à comprendre. Que se passait-il maintenant ?

Subitement, j'eus une étrange sensation de gêne intense dans la gorge. Je la raclai, mais rien ne changea, cela s'accentua à l'inverse. Je me levai, avec agilité je me retrouvai en une enjambée devant le miroir en question. J'ouvris la bouche et fus sidérée de voir, posée au fond de ma cavité buccale, la perle de nacre.

Je restai tétanisée, cela me permit d'observer plus en détail mon reflet. Comment se faisait-il que je n'avais jusqu'alors jamais remarqué que mes canines étaient si saillantes? Que mes oreilles étaient si pointues qu'elles dépassaient de sous mes cheveux?

Je ne pus en préciser la raison, mais mon instinct me poussa tout à coup à rejoindre la cuisine. Mon corps agissait de lui-même. Je courus vers le congélateur comme si je savais exactement où je devais me diriger, je l'ouvris, et à l'intérieur de celui-ci, médusée, je découvris plusieurs foies et plusieurs cœurs soigneusement emballés dont certains étaient déjà entamés.

Le Gumiho

Le Gumiho est le renard à neuf queues coréen. Accompagné de sa perle qui serait la source de son pouvoir et un puits de connaissance pour l'humain qui s'en emparerait, il se transforme en général en jeune femme dans le but de se rapprocher de ses victimes. Il les vide de leur force vitale en utilisant sa perle qu'il introduit dans leur bouche à l'occasion d'un baiser, avant de se nourrir de leurs foies et de leurs cœurs.

L'INACCESSIBLE DIXIÈME SYMPHONIE

Il y a dix mois jour pour jour, j'avais entrepris la composition de ma véritable première symphonie. N'étant encore qu'un compositeur novice et méconnu, je fondais beaucoup d'espoir dans celle-ci afin d'être enfin révélé au monde tout aussi difficile d'accès qu'impitoyable qu'était celui de la musique classique.

Malheureusement, au cours de ces derniers mois, ma tâche s'était avérée bien plus ardue que je n'aurais pu le concevoir. Je n'étais jamais satisfait de ce que je composais et souvent l'inspiration venait à me manquer. À certains moments, certes ma partition se noircissait d'encre, mais le résultat n'était toujours que d'une piètre qualité, très inférieure à mes attentes. Comment pourrais-je un jour prétendre égaler ou même imaginer surpasser mes modèles avec une écriture si mauvaise et des compositions si peu originales ?

Quand je n'étais encore qu'un enfant, je m'étais promis de devenir un virtuose de renom. Je m'étais fixé pour objectif d'être celui qui écrirait enfin sa dixième œuvre, et mettrait dès lors fin à la « malédiction de la neuvième symphonie » qui planait comme une ombre sur chaque compositeur depuis la mort de Beethoven. Ainsi, mon nom marquerait l'Histoire de la musique et l'Histoire en elle-même.

Néanmoins, en raison des difficultés auxquelles je faisais face depuis tous ces mois, je venais à douter de cet avenir fantasmé. Me serais-je trompé toute ma vie ? Toutes ces années durant, j'avais cru avoir du talent, que mon devenir dans ce domaine était une évidence. J'avais, qui plus est, été conforté dans cette idée par les gens qui m'entouraient.

Aujourd'hui, après une nouvelle journée improductive, cette certitude ancrée profondément au fond de moi en était ébranlée. Le désespoir prit alors possession de mon être. Pourquoi ne pouvais-je pas être ce compositeur exceptionnel que je rêvais d'être ? Devant cette réalité affligeante qui s'affichait à moi, j'eus l'impression de suffoquer, mon âme se déchirait de chagrin en réaction à cette douloureuse désillusion. J'eus le sentiment de tomber d'un précipice. J'aurais tout donné pour atteindre la perfection et la reconnaissance à laquelle j'aspirais tant.

— J'offrirais tout ce que j'ai. Je serais prêt à tout.

La désolation qui m'avait envahi me fit formuler mes pensées à voix haute sans que je m'en aperçoive. Des larmes commencèrent à s'amonceler sur le rebord de mes cils, malgré toute la force que j'y mis, je ne pus les retenir. Mon visage fut bientôt baigné de celles-ci. Je m'effondrai, cachant ma figure entre mes mains qui furent à leur tour trempées de mes pleurs. Je restai ainsi plusieurs minutes, puis, quand le flot de la sécrétion salée s'assécha, je partis me coucher le cœur lourd, la tête vide de tout espoir et remplie à la place de doutes. J'eus beaucoup de mal à trouver le sommeil et lorsque j'y parvins enfin, celui-ci fut des plus agités.

Le lendemain matin, je ne pus m'extirper du matelas que lorsque midi sonna. La nuit ne m'ayant apporté aucun repos, j'abandonnai le lit morose, l'esprit embrumé, sans aucune volonté. Je passai alors devant le miroir et m'observai quelques instants. Mes yeux cernés, les plis sur ma peau, mes cheveux en bataille, étaient les preuves irréfutables, disgracieuses de mon insomnie.

N'ayant aucune envie de me retrouver à nouveau plongé dans mes carnets de composition, j'entrepris de sortir de chez moi, ce que je n'avais pas fait depuis plusieurs jours. Je m'habillai à la hâte, puis rejoignis l'extérieur. Je m'arrêtai quelques instants sur le pas de la porte, le soleil qui brillait haut dans le ciel me réchauffa le visage. Je fermai les yeux, les rayons se faufilèrent entre mes cils. Malheureusement, cette chaleur extérieure ne parvint pas à revigorer l'intérieur de mon être qui était rompu.

Très vite, les allées et venues des passants, les cris et autres sons me ramenèrent à la réalité. Je n'avais décidé d'aucun endroit où me rendre en particulier. Je commençai à flâner sans but spécifique, mon esprit était déconnecté et mon corps avançait alors de sa propre volonté.

Il se dirigea vers une petite place sur laquelle se tenait un marché. Il me fit déambuler à travers les différents stands comme s'il savait exactement où il voulait aller. Mes yeux, eux, se baladaient d'un étalage à l'autre sans que rien ne retienne leur intérêt, jusqu'à ce qu'à un moment, mon regard soit attiré par une chose d'une beauté hors norme. Je restai à l'admirer, immobile, envoûté. Je m'approchai avec l'envie de le contempler.

Trônant en place centrale du stand d'antiquités, un porte-plume d'une somptuosité sans précédent éblouissait. Je ne pus détacher mon attention de ce dernier. Tellement absorbé par l'observation de l'élégant objet, j'eus, l'espace d'un instant, l'impression de l'entendre respirer, puis susurrer mon nom en boucle, comme s'il m'appelait, qu'il me voulait autant que je le voulais. Cette voix résonnait si fort dans ma tête que j'eus du mal à penser.

L'illusion auditive, qui était certainement due à mon inconscient qui n'aspirait qu'à acquérir l'accessoire, eut pour effet de définitivement me convaincre. Il fallait que je me le procure, cela m'apparut comme une nécessité vitale au même titre que celle de se nourrir.

Quelques minutes après, j'étais sur le chemin du retour avec ma trouvaille en main. L'abattement que je ressentais plus tôt semblait s'être évanoui, un sentiment de bien-être profond l'ayant remplacé. Quand étais-je devenu à ce point matérialiste pour qu'un simple achat soulage la douleur qui m'accablait depuis des mois de cette manière ?

Je retournai avec hâte à mon domicile possédé par une envie subite, même pressante, de composer. Je marchai à une allure si empressée qu'en quelques minutes seulement, je me retrouvai à mon appartement, gorgé d'une volonté renouvelée et sans failles, persuadé que je tenais la clé de la résolution de toutes mes incertitudes. J'étais énergique, plein d'une vitalité inédite qui s'opposait totalement à mon humeur du matin et de ces derniers mois.

Je m'installai à mon bureau avec la fierté d'un roi s'asseyant sur son trône. J'ouvris mon carnet de composition, plaçai mon encrier à portée de main et sortis ma nouvelle acquisition de son emballage avec la plus grande délicatesse, telle qu'on le ferait avec une relique sacrée.

Alors que le porte-plume était désormais entre mes doigts, je pris le temps de l'observer encore une fois. Il était orné de magnifiques gravures qui avaient certainement demandé un travail de précision et de longue haleine. Je continuai ainsi mon attentive inspection, j'étais comme inéluctablement attiré par l'objet, presque même obsédé, je ne pouvais m'empêcher de le regarder, de le toucher. J'avais l'impression d'être charmé par celui-ci.

Lors de ma minutieuse contemplation, je m'aperçus que, disséminées de part et d'autre, se trouvaient des lettres gravées de manière presque imperceptible, et dissimulée dans les autres ornements. Intrigué, j'attrapai une vieille plume que j'avais en ma possession dans l'intention de noter sur un morceau de papier les différentes lettres. Quand je les eus toutes repérées et retranscrites sur ma feuille, je me rendis compte que si elles étaient mises côte à côte, elles formaient une phrase en latin. Je lus celle-ci et en fis la traduction, celle-ci disait « un vœu j'exaucerai ».

Je fus amusé par cette découverte aussi étrange qu'absurde. Je pensai alors que le créateur de l'objet avait certainement pris un grand plaisir à créer un casse-tête pour les plus curieux de son œuvre. Il est évident que je n'accordai aucun crédit à la phrase dont les lettres avaient été formidablement cachées, mais je m'enchantai beaucoup devant l'espièglerie de son auteur.

Ne croyant en aucune forme de mysticisme ni en l'existence de choses surnaturelles, je me demandai si les anciens possesseurs de l'outil avaient décelé l'énigme et réussi à la résoudre. Ceux qui avaient percé le mystère, étaient-ils tombés dans le piège de la formulation de doléances ? Avaient-ils attendu désespérément que leur souhait se réalise sans que rien ne vienne jamais ? Ceux-là, je les plaignais sans même les connaître, avoir foi en des chimères et espérer toute une vie durant qu'un miracle modifie le cours de leur existence...

Si seulement une telle chose existait, effectivement, cela aurait été exceptionnel, pouvoir changer son avenir grâce à un simple vœu serait une chance inespérée, mais cela ne fonctionnait pas aussi aisément. Si cela avait été si facile, je n'aurais simplement eu qu'à formuler ma pensée ainsi :

— Je souhaite devenir un grand compositeur de renom, reconnu de tous pour mon talent et mes œuvres.

Mais cela ne servait à rien, je n'obtiendrai rien de cette façon, seuls un travail acharné ainsi que des prédispositions dans un domaine pouvaient conduire les gens dans la réalisation de leurs objectifs. Cette petite pause avait diverti mon esprit, je me sentais désormais dans de bonnes dispositions pour m'atteler à ma tâche, je ressentis même une envie insoutenable, s'apparentant à un besoin urgent de composer immédiatement.

Après avoir observé l'objet mystérieux, il était dorénavant temps de l'utiliser. À la seconde où je posai ma plume sur la page blanche de mon carnet, je fus envahi par une frénésie de créativité que je n'avais jamais encore connue jusqu'alors. Je noircis les feuilles de mon bloc-notes à une vitesse effrénée. J'écrivais, en continu, sans pauses. J'étais lors de ce laps de temps comme possédé. En effet, j'eus l'impression d'observer ma main tracer les lignes sans que je ne la contrôle. Ma tête tournait, j'avais le sentiment de pénétrer dans un autre lieu, un site silencieux et vide, où rien n'existait à part le porte-plume glissant sur le papier.

Durant trois jours et deux nuits, je ne bougeai pas de mon pupitre, je ne mangeai rien, je n'avalai même pas un verre d'eau. Ce fut comme si tous les besoins naturels humains avaient quitté mon corps, et que je n'étais devenu qu'une machine à produire des notes qui ne se dominait plus.

Le deuxième jour, je crus être sorti de moi-même et n'être que témoin de l'intrigue qui se déroulait devant mon bureau. En effet, je me vis assis sur ma chaise alors que moi je me tenais debout à l'arrière, je n'étais plus cet homme qui écrivait. Il était pleinement absorbé par sa tâche, chuchotait, marmonnait. Je reconnus alors des bribes de notes qui furent prononcées à une cadence fulgurante, presque insaisissables, avec une voix sévère, singulière, ma propre voix, mais modifiée. Était-ce une hallucination ? Une déviation de mon cerveau en ébullition ?

Quand j'eus enfin finalisé ma composition, je fus surpris d'avoir accompli en si peu de temps un labeur aussi conséquent. Durant des mois, je n'avais rien pu produire, et en seulement quelques jours j'avais achevé une telle quantité de travail. Je posai mon porte-plume et eus alors une impression étrange que je ne sus expliquer, la sensation de récupérer mon corps qui m'aurait été emprunté.

Immédiatement, je ressentis un sentiment de soif et de faim pressant, comme si j'allais m'écrouler l'instant suivant si je ne les comblais pas, comme si durant ce long moment j'avais été mis en pause et que j'étais désormais de nouveau en marche. Je courus sans délai dans ma cuisine et avalai un grand verre d'eau accompagné d'un morceau de pain conséquent. Ayant assouvi quelque peu ces besoins vitaux, je retournai auprès de mon œuvre enfin achevée.

Sur le chemin, je passai devant le miroir, je fus choqué par ma propre image. Le teint terne, des plaques rouges, les cernes foncés et creusés profondément, mon visage semblait desséché, sans tonus, pire qu'il ne l'avait jamais été. Je pensai à ce moment-là que ces derniers jours de travail acharné avaient lourdement pesé sur mon corps. Il faudrait que je prenne plus soin de lui si je voulais continuer à pouvoir travailler de manière performante.

Je m'assis à nouveau à mon bureau et commençai à lire le fruit de mon labeur. La symphonie était exceptionnelle, elle était tout ce que j'avais toujours espéré composer, il s'agissait là d'une merveille. Pourtant, alors que je la parcourais, je n'avais aucun souvenir d'avoir écrit la moindre des notes qui se trouvaient sous mes yeux, j'en fus sidéré. Comment pouvais-je avoir rédigé cela et n'en avoir aucune trace en mémoire ? Je mis ce fait étrange et perturbant sur le compte des nuits blanches et de la pulsion de créativité qui s'était emparée de moi. Sans doute était-ce cela qui se produisait lorsque l'on créait une vraie œuvre. Peut-être une part de moi avait-elle transcendé l'autre.

Peu importait, ce qui comptait était que j'avais enfin fini ma symphonie, qui, j'en étais persuadé, ne serait pas la dernière. Satisfait de moi, j'allai me coucher en vue de récupérer le manque de sommeil de ces derniers jours. Pour la première fois depuis longtemps, ma nuit fut complète et reposante. Étrangement, elle fut totalement stérile, aucun rêve, aucune pensée, rien ne vint bercer mon repos. J'eus la notion des heures qui passaient, mais mon imagination semblait m'avoir abandonné.

Durant les mois qui suivirent, mon œuvre fut jouée par plusieurs orchestres et m'attribua une reconnaissance conséquente que je n'avais pu imaginer jusqu'alors.

Après la première représentation de ma symphonie, un sujet me tracassait, mon aisance dans l'écriture de celle-ci, mon succès soudain et la consécration étaient-ils dus au vœu que j'avais fait ce soir-là ? Très vite, j'avais effacé cette idée de mon esprit, car elle me semblait totalement aberrante. Je ne repensai plus à cela et ne me reposai plus la question. Je fus dès lors très occupé, puis rapidement je me mis en tête d'écrire une deuxième musique.

Lorsque j'utilisai le porte-plume, le même phénomène se reproduisit. Je fus de nouveau comme hors de ma chair, possédé par une entité créatrice qui me garda éveillé plusieurs jours et plusieurs nuits. À la fin du processus, je sortis en plus piteux état encore que la fois passée. Je tenais difficilement debout, titubant, mon corps courbaturé, je pouvais à peine bouger mes doigts raides, crispés, comme si l'écriture de la moindre note avec ce porte-plume absorbait en tant que paiement du génie artistique mon énergie vitale. Je dus rester plusieurs jours allongé avant de récupérer.

Le triomphe se réitéra avec ma deuxième symphonie. Mais cela ne me suffisait pas, j'étais devenu différent, comme avide, avide de création, avide de succès. Rien ne semblait me satisfaire, j'aspirais à toujours plus, je composais alors inlassablement.

À chaque fois, le même schéma se reproduisait, la seule différence fut qu'après chacun de mes ouvrages, je sortais plus affaibli encore que pour le précédent. J'avais systématiquement plus de mal à recouvrer mes forces à la suite de mes séances intensives de composition, je demeurai alité d'abord des journées entières, puis à mesure que le temps avançait cela se transforma en semaines. Durant ces périodes, je n'étais qu'une dépouille peinant à me mouvoir.

Je n'arrivai plus à réfléchir ni à penser, j'étais abandonné dans le néant, un corps sans substance.

De plus, j'eus l'impression que cela déteignait sur mon moral. J'étais plus mélancolique que jamais, j'étais devenu bougon, susceptible, aigri, m'agaçant pour un rien, prêt à en entrer en crise à la moindre occasion. Je ne maîtrisais plus mes émotions, encore moins ma colère qui menaça à plusieurs reprises d'éclater.

Ce n'est que lors de la réalisation de ma cinquième œuvre que j'eus la conviction certaine que mon porte-plume était à l'origine de tout ce qu'il se passait. Je ne voulus pas y croire au début, mais il était clair désormais que tout avait changé depuis que je l'avais en ma possession, tout avait commencé lorsque j'avais prononcé mon vœu à voix haute. Même si cela pouvait paraître totalement inconcevable, je n'eus d'autre choix que de me rendre à l'évidence.

J'avais pris la résolution dans un premier temps de ne plus l'utiliser, car j'étais effrayé par un tel pouvoir surnaturel. Toutefois, je ne pus m'en empêcher, j'avais besoin de continuer à composer, je le ressentais au fond de mes entrailles comme une fatalité absolue. Je me demandai alors si ce n'était pas l'influence néfaste du porte-plume qui me rendait si insatiable et si faible physiquement après chaque composition.

Même en sachant cela, je ne pus me résoudre à m'arrêter, j'avais l'intuition que cet objet serait peut-être celui qui me permettrait de surmonter pour de bon la malédiction de la neuvième symphonie qui planait sur nous autres compositeurs depuis la mort de Beethoven. Avec lui, je pourrai tout faire, je pourrai surpasser ce génie et voir mon nom entrer dans la légende, être celui dont tout le monde se souviendrait pour avoir déjoué le destin.

Les années passèrent, une à une, mes compositions obtinrent de plus en plus de succès, enfin la neuvième fut la plus grande de toutes, certains me comparèrent à celui qui avait été depuis toujours mon modèle. Finalement, j'entamai l'écriture de ma dixième symphonie, celle qui me permettrait de graver mon passage dans l'Histoire.

Comme à l'habitude, je m'étais installé à mon pupitre et je m'étais emparé de mon porte-plume. Cette fois-ci, un fait imprévu se produisit, en effet, rien ne vint. Je restai là assis, sans aucune inspiration, sans que le moindre mouvement de main ne s'esquisse. J'étais désespéré, la magie de l'objet aurait-elle cessé de fonctionner ?

Au bout de plusieurs heures, j'avais réussi à composer quelques notes, mais cela était uniquement issu de moi, je n'avais pas été guidé dans ma composition et le résultat ne me satisfaisait point. Il était affreux, immonde, d'une nullité sans égale.

Agacé, mais surtout amer et accablé, j'attrapai les feuillets que je déchirai avec rage. Mais, cela ne suffit pas à apaiser mon aigreur. Je continuai à abattre ma frustration sur le papier innocent que je fractionnai en de multiples morceaux de plus en plus petits. Il n'en resta bientôt plus que quelques miettes hachées.

Je me rapprochai du pupitre. La fureur ne tarissait pas, je me saisis de mon encrier, je le retournai, puis j'en vidai le contenu sur le bureau. Je le secouai dans tous les sens avec frénésie. Je m'amusai à recouvrir l'intégralité de mes affaires du liquide qui s'écoulait maintenant au sol formant tout autour des taches noirâtres. Lorsque j'eus achevé mon œuvre d'art, je projetai le contenant en verre qui se brisa contre le mur. Les débris se répandirent jusqu'à moi tant la puissance du choc avait été importante.

Je persistai dans mon élan destructeur empoignant à présent le fameux porte-plume. Je ne m'aperçus même pas alors que je venais de marcher sur un des morceaux dispersés à terre qui entailla mon pied. Mes pas ensanglantés jonchaient désormais le sol tout comme on pourrait le voir sur une scène de crime. Le sang qui se déversait, rejoignit bientôt les bavures d'encre avec lesquelles il se mélangea, formant un accord de couleur marbré harmonieux dont la vue me fit décrocher une moue admirative. Retournant à mon déchaînement fiévreux je jetai le porte-plume à terre.

— Maudit sois-tu misérable instrument du mal !

Je regardai la pièce ravagée autour de moi, fruit de mon dépit, mais avant tout de mon humiliation, de mon incapacité. Je fus surpris par cette vision chaotique, par ce carnage que j'avais créé. Quand étais-je devenu aussi colérique et destructeur ? Tout était de la faute de cet objet de malheur.

Depuis qu'il était entré dans ma vie, tout avait changé, j'avais changé. En dépit de mon succès, je n'étais plus que l'ombre de moi-même. Je n'avais plus de passion, plus d'amour de la musique, je n'avais plus rien. Je n'étais plus qu'une coquille vidée de son essence, une marionnette manipulée par la plume. Je n'aurais jamais dû entrer en possession de cette chose. Aujourd'hui, je regrettai cruellement cet achat.

Alors que j'étais désemparé, souhaitant revenir dans le passé, la pièce dans laquelle je me trouvais commença à se rafraîchir en un instant, si bien que j'en vins à frissonner. L'air changea. Je ressentis une émanation néfaste, obscure, faire irruption et se diffuser tout autour de moi. Par les lattes de mon parquet, une fumée noire s'éleva en un fin nuage épars. Elle glissa à travers le bois lentement, dans une progression maîtrisée. Au fur et à mesure qu'elle pénétrait dans ma chambre, sa substance se modifia, se faisant plus épaisse, plus opaque. La fumée devint du brouillard, le brouillard devint une ombre. Large, condensée, elle était suspendue au-dessus du sol. Dès qu'elle en fut entièrement sortie, elle se dirigea vers moi.

Elle me parut aspirer tout l'oxygène de la pièce, y compris celui de mon corps, je me retrouvai à bout de souffle, mon air convoité. Le spectre se mit à tournoyer autour de moi, j'étais troublé. Il se stabilisa ensuite. Peu à peu, celle-ci qui était jusqu'alors informe commença à se muer en une silhouette, une forme quasi humaine.

Quand l'étrange manifestation se termina, je faisais désormais face à un homme à la stature imposante, vêtu d'un costume trois-pièces noir raffiné. Son visage possédait des traits durs et austères, son regard perçant me laissa figer sur place. Je dus fournir un effort plus que conséquent pour réunir toutes les forces possibles afin de pouvoir enfin retrouver l'usage de la parole.

— Qui êtes-vous ? demandais-je alors à l'inconnu

— Qui suis-je ? Je ne suis personne d'autre que le Diable mon cher ami, Satan ou bien encore Lucifer selon tes préférences. Je me présente à toi sous cette forme qui sera plus aisément assimilable pour toi.

— C'est… c'est impossible… vous n'existez pas.

— Ma présence ici prouve le contraire.

— Que me voulez-vous ?

— Je suis seulement venu chercher ce que tu me dois.

— Ce que je vous dois ? Mais nous ne nous sommes encore jamais rencontrés. Je ne vous dois absolument rien.

— Je crois que tu fais erreur mon ami. Aurais-tu oublié tout ce que tu as obtenu grâce au porte-plume que je t'ai envoyé ? Tu avais bien dit que tu donnerais tout pour atteindre tes objectifs, avec mon intervention tu les as accomplis, aujourd'hui, tu dois en payer le prix.

— Et quel est ce prix dont vous parlez ?

— Seulement ton âme.

— Non… je ne le veux pas

— Tu penses peut-être avoir le choix. Il m'a invoqué la toute première fois pour monnayer sa réussite contre son âme, je lui ai tout offert, sa neuvième et dernière symphonie est d'ailleurs la preuve que j'honore toujours mon contrat de manière plus que généreuse.

J'ai perçu lors de ce contrat une opportunité. Vous autres artistes et compositeurs êtes souvent confrontés au manque d'inspiration, mais surtout vous n'aspirez qu'à la reconnaissance de vos pairs ainsi qu'à la gloire. Je n'avais alors plus qu'à utiliser votre détresse, pour ensuite venir récolter vos âmes souillées par mon œuvre et ma magie. J'ai réussi à récupérer celles de beaucoup d'entre vous.

Je ne sais pas ce que tu en penses, mais je trouvais que le chiffre neuf était parfait. Après tout, il est le symbole du commencement après la fin, tout comme après la mort de chacun d'entre vous un autre apparaît pour le remplacer.

Sur ces dernières paroles, Satan empoigna le bras du malheureux compositeur, aussitôt la vie le quitta, sans qu'il n'ait pu comme bon nombre de ses prédécesseurs achever sa dixième œuvre.

La malédiction de la neuvième symphonie

Après la mort de Ludwig van Beethoven, une légende propre au monde de la musique classique fit son apparition. Les compositeurs ne pourraient en effet jamais réussir à composer leur dixième symphonie, car ils seraient emportés par la mort juste après l'achèvement de leur neuvième. Les décès de plusieurs musiciens dans ces mêmes circonstances, et ce, malgré leurs diverses tentatives pour briser celle-ci, ne contribuèrent qu'à étayer plus encore la superstition. Néanmoins, depuis, plusieurs d'entre eux sont parvenus à faire mentir celle-ci.

EXTRAITS DE JOURNAL INTIME

18 janvier – Ce matin lors de ma promenade quotidienne dans la forêt, j'ai eu la surprise de tomber sur le corps d'un animal qui m'a paru au premier abord inanimé. En m'approchant de lui, je me suis vite rendu compte qu'il s'agissait d'un chat qui s'est avéré être bien vivant. Le félin s'est montré dans un premier temps fuyant, craintif. Peut-être avait-il été maltraité par quelqu'un dans le passé. Heureusement, il n'était pas blessé physiquement.

Il m'a fallu un long moment avant de parvenir à lui faire comprendre que je n'étais point un danger et de réussir à gagner sa confiance. Quand j'y suis finalement arrivé, l'animal a totalement changé de comportement, il m'a alors témoigné la plus grande affection comme si nous nous connaissions depuis toujours. Il ne voulait plus me quitter, j'ai donc décidé de l'emporter avec moi.

Ma traversée du village, mon nouvel ami niché au creux de mes bras, s'est avérée plus difficile que je ne l'aurais cru. Les regards suspicieux et méprisants nous suivaient tout du long. Il faut dire que dans ce village rempli de superstitions, l'apparition de ce chat noir ne pouvait que faire jaser les mauvaises langues. Nous avons donc avancé sous les jurons et remarques acerbes, visés tous deux par toutes sortes de malédictions qu'ils nous lançaient.

19 janvier – Mon nouveau compagnon est en fait une compagne. J'ai décidé de la nommer Lux, car elle sera, j'en suis certain, la lumière de ma maison. J'ai en outre l'idée que ce nom fera certainement enrager les habitants, ce qui n'est pas pour me déplaire au contraire.

25 janvier – La vie est différente avec Lux à mes côtés. Depuis qu'elle est là, elle me comble de tendresse et d'affection. Je ne me sens plus seul. Elle est qui plus est très intelligente. J'ai l'impression qu'elle comprend chacun des mots que je prononce. Quand je lui parle, elle répond à chaque fois par des miaulements et adapte son comportement en fonction de ce que j'exprime. Si je lui dis que j'ai faim, elle se rend à la cuisine et se poste devant le frigidaire, si je lui dis que je veux regarder la télévision, elle s'allonge instantanément sur le canapé la patte appuyée sur la télécommande, si je lui confie mes chagrins, elle vient près de moi, pose sa tête sur ma cuisse et me lèche la main.

De plus, elle arrive à me faire comprendre ses différents besoins par ses agissements. Notre cohabitation est donc un succès, nous sommes en parfaite harmonie.

La seule ombre de notre vie à deux est qu'à chacune de nos promenades quotidiennes en extérieur nous sommes la cible de tous les attentions, ragots et médisances.

26 janvier – Quelle horreur ! La nuit dernière, le village a été frappé par un horrible événement. Après la fête locale à laquelle je n'ai pas assisté, un homme a été retrouvé mort en lisière de la forêt. D'après les premières investigations, son décès ne serait pas accidentel… Il a été assassiné ! Tout est sens dessus dessous ici. Rien de tel ne s'était jamais produit.

27 janvier – Le meurtre d'hier a eu des conséquences que je n'avais pas envisagées. Des habitants sont venus frapper à ma porte en disant que mon chat était la cause du drame. Sa présence aurait, selon leurs dires, apporté le mauvais œil sur le village. Ils ont ajouté que tant que Lux vivrait ici, nous serions tous maudits. Ils m'ont ordonné de m'en défaire sur le champ. Je leur ai répondu que plutôt que de blâmer un animal innocent en raison de croyances absurdes, ils feraient mieux de chercher le vrai coupable, un être humain !

28 janvier – Ce matin, j'ai retrouvé un mot de menace accroché à ma porte. Il disait : « Débarrasse-toi de cet animal du démon porteur du mauvais sort ou nous le ferons pour toi ! ». Je n'ose plus sortir Lux de la maison.

2 février – Je commence à m'inquiéter pour la sécurité de Lux et la mienne. Ce matin, j'ai trouvé la porte arrière non fermée à clé alors que je suis bien certain de l'avoir vérifiée hier avant de me coucher. Je suis allé acheter deux nouveaux verrous que j'ai immédiatement installés.

3 février – C'est effroyable ! Un nouveau meurtre a eu lieu la nuit passée. Cette fois-ci, les détails ont fuité. La scène de crime était apparemment des plus sordides. Il y avait, d'après les rapports faits sur place, du sang partout, des morceaux de chair éparpillés, le corps était quasiment méconnaissable. Ils parlent d'un déferlement de rage. Je ne suis pas sorti aujourd'hui pour ne pas avoir à me confronter à leurs accusations réitérées. Je suis certain qu'ils auraient à nouveau blâmé Lux pour avoir apporté le malheur chez nous de par son pelage.

Tout à l'heure en début de soirée alors que chacun était rentré chez soi, la vieille dame solitaire qui vit dans la maison en face de la dernière victime est venue me rendre visite. Elle m'a dit qu'elle avait quelque chose à me raconter, mais qu'elle n'avait pas voulu en parler aux autres afin de ne pas attiser leur haine. Elle m'a alors confié que la veille, elle s'était réveillée en pleine nuit et avait entendu un bruit à l'extérieur, une voix inconnue. Elle a donc regardé par la fenêtre et a eu l'impression d'apercevoir un chat noir devant la porte de la maison où le crime avait eu lieu. Elle n'était pourtant certaine de rien en raison du manque d'éclairage du site.

5 février – Bien que je n'apporte aucun fondement aux paroles des habitants sur Lux et au témoignage de la vieille femme, j'ai décidé de l'observer ces derniers jours. Son comportement n'avait rien d'anormal. Seulement celui d'une chatte comme une autre.

6 février – Il est quatre heures du matin, je fais suite à mes écrits d'hier. En me levant à l'instant pour aller boire, j'ai cru assister à des événements étranges. Alors que j'allais entrer dans la cuisine, j'ai été stoppé sur place. Sur le mur, une silhouette se reflétait, l'ombre d'un corps qui m'a semblé plutôt féminin. Je suis rentré avec précipitation dans la pièce, mais il n'y avait que Lux en train de s'abreuver dans sa gamelle. Elle a sursauté de peur en raison de mon apparition brutale, puis m'a observé avec surprise.

J'ai immédiatement pensé que quelqu'un s'était introduit chez nous. Je suis directement allé inspecter toutes les entrées de la maison, mais elles étaient toutes scellées. Je crains que la paranoïa ambiante causée par ces événements horribles n'ait commencé à m'atteindre aussi pour que j'en vienne à avoir de tels délires. Ou bien alors se pourrait-il que quelqu'un nous harcèle ? En a-t-il après Lux ?

6 février suite – Un nouveau meurtre a eu lieu ! D'après ce que j'ai entendu, l'heure du décès serait survenue peu de temps avant que je ne me lève pour boire.

Les gens sont à nouveau venus m'insulter et me menacer. Ils ont brûlé des effigies de Lux qu'ils ont jetées dans mon allée. Ils souhaitent éloigner cette chatte « porte-malheur ». Je me sens de moins en moins en sécurité dans cette ville avec tous ces maniaques, là dehors.

9 février – Depuis quelques jours, Lux s'éloigne de moi. Elle se maintient à distance, mais n'a de cesse de m'observer. Son regard reste fixé sur moi sans se détourner. Il est presque inquiétant. Hier, elle a miaulé une bonne partie de la nuit, le miaulement était guttural, morose, gémissant. J'étais tellement perturbé que je n'ai même pas pu lui demander de se taire.

Je m'interroge quant à son comportement. J'ai le sentiment que nous n'arrivons plus à nous comprendre. Je ne sais pas ce dont elle a besoin ni ce qu'elle attend de moi. Serait-ce là sa réponse à la suspicion dont j'ai fait preuve envers elle il y a quelques jours ? On dit que les chats ressentent les émotions humaines. Peut-être l'a-t-elle perçu. Probablement m'en veut-elle d'avoir cédé à la pression environnante, et de m'être comporté différemment avec elle. Je devrai mieux la traiter à partir de maintenant !

12 février – En pleine nuit, j'ai été réveillé par des marmonnements. J'étais persuadé d'avoir entendu une voix féminine, angoissante et des bribes de paroles près de la fenêtre de ma chambre. J'ai eu peur que quelqu'un ne m'observe à travers celle-ci. Je n'ai pas osé bouger de mon lit. Alors que j'étais tremblant, j'ai senti au fond de ma couette du mouvement, puis une chose qui remontait vers moi. J'ai compris ensuite qu'il ne s'agissait que de Lux. Sa présence m'a rassuré et soulagé. Je n'ai plus rien entendu après cela.

Arrivée sur mon ventre, elle est restée assise à me détailler de longues secondes, puis elle s'est allongée et a commencé à ronronner. Elle n'a pas remué d'un centimètre de la nuit. Je ne savais pas comment réagir. Je n'ai donc pas bougé moi non plus. C'est le premier témoignage d'affection que nous avons eu depuis plusieurs jours. J'ai l'impression qu'elle ne m'en veut plus.

Flash info

En cette matinée du treize février, un nouveau cadavre a été découvert. L'enquête se poursuit après ces événements tragiques. D'après les premiers éléments recueillis sur place ce matin, des traces de pattes de chat directement suivies par des empreintes de pas de femme ont été identifiées dans le sang qui s'était écoulé le long du lit et menaient jusqu'à la porte de derrière. La chatte de l'homme est quant à elle introuvable.

Le chat noir

Tout au long de l'Histoire, les croyances populaires ont désigné le chat noir comme porteur de mort et de malheur. Il fut rattaché à la sorcellerie et à la magie noire, on le soupçonnait en effet d'être une sorcière métamorphosée, voire l'incarnation du diable. Il fut par conséquent durant de longues années persécuté et rejeté. Encore aujourd'hui, il reste l'un des symboles principaux d'Halloween.

Le métamorphe

Dans de nombreuses cultures du monde, le métamorphe, être fantastique possédant le pouvoir de changer son apparence en celle d'un animal, est évoqué. La galéanthropie est une des formes de métamorphose, elle consisterait pour un humain à se transformer en un chat.

LA DERNIÈRE RENCONTRE

Cette nuit-là, à peine avait-elle plongé dans un sommeil profond qu'Erin se trouva immergée dans un rêve surprenant. Elle se tenait accroupie au bord d'un ruisseau, ses mains y étaient baignées. Elle sentait qu'elle dormait, mais en même temps elle avait l'impression d'exister, de pouvoir interagir dans celui-ci comme si elle avait été éveillée. Elle put tout du moins contrôler son visage et l'abaisser vers ses avant-bras trempés.

Elle remarqua alors qu'elle était en train de laver des vêtements dans le cours d'eau. En y regardant de plus près, elle réalisa que celui qu'elle tenait en main était le haut qu'elle avait porté le jour même et qu'à ses côtés était empilée sa garde-robe de la semaine passée qui attendait d'être nettoyée à son tour.

Intriguée, Erin continua à frotter sans même pouvoir se gouverner, contrainte par une force insaisissable. Tout en s'attelant à sa tâche, elle nota que les linges étaient tous recouverts de taches rouges disséminées de part et autre. Elle approcha son visage pour les étudier et constata qu'il s'agissait là de sang. Machinalement, elle se mit alors à frictionner plus fort. Mais, en dépit de tous les efforts qu'elle y appliquait, les salissures ne partaient pas, au contraire même, elles s'étendirent de plus en plus, se propageant aux vêtements disposés sur le côté.

Elle savonnait, grattait, rinçait inlassablement avec plus de rigueur. Ses mains devinrent douloureuses, mais elle ne s'arrêta pas, elle ne le pouvait pas, son corps opérait seul, répondant à une obsession, une obligation. Ses doigts frappaient contre les cailloux, s'écorchaient contre les plus pointus. En peu de temps, sa peau fut parsemée de micro-entailles et d'écorchures. L'eau était glacée, ses paumes, rougies par le contact prolongé avec celle-ci, brûlaient, la faisaient souffrir, jusqu'à ce qu'en raison de la douleur et du froid elles soient anesthésiées, et qu'elle ne sente presque plus leur mouvement. Pourtant, rien ne l'interrompait.

Toute occupée à sa corvée, ce n'est qu'au bout de quelques secondes que le bruit du clapotis aqueux qui retentissait à côté d'elle attira enfin son attention. Elle se détourna en direction du son et fut déroutée de voir un inconnu agenouillé siégeant auprès d'elle. Il s'était saisi d'un des vêtements du tas et était lui aussi en train de le laver.

Erin se mit alors à le détailler, vêtu d'un ensemble en lin comprenant une fine chemise et un pantalon, il était pieds nus et ses cheveux argentés retombaient le long de son visage. À travers les mèches, elle put observer le profil de l'homme qui était empreint d'une concentration infaillible. Elle voulut lui parler, mais elle n'y parvint pas, ignorant sa volonté sa bouche resta close. Lui poursuivait son activité sans relever la tête.

Alors qu'elle ne le quittait pas des yeux, le courant de la rivière se fit plus fort, il était si puissant, si agité, qu'il emporta avec lui le haut qu'Erin tenait et qu'elle ne put retenir. Juste après, les linges posés sur le bord furent happés par le flot dévastateur. Sans pour autant laisser échapper celui qu'il maintenait fermement coincé entre ses doigts, l'individu se mit tout à coup à poursuivre les fuyards, se jetant même à l'eau pour les récupérer. Il se précipita d'un côté puis de l'autre avec détermination et acharnement. Erin ne comprenait pas pourquoi il appliquait une telle ardeur à tous les réunir. Lorsqu'il parvint à tous les retrouver, l'onde se calma instantanément.

Il se redressa, debout face à elle, à quelques mètres de distance, il se figea, la toisa, gardant serrés les vêtements ensanglantés entre ses mains. Tout en tentant de soutenir son regard, elle fut interpellée par l'eau qui entourait l'homme. Elle n'avait plus rien de limpide, elle s'était à présent teintée d'un aspect cramoisi. L'ensemble de lin de celui qui se tenait toujours immobile sembla s'en imbiber puisque petit à petit la tenue, qui tirait jusqu'alors sur le beige, perdit sa clarté. Remontant par les jambes, envahissant rapidement le haut, la couleur sanguine en prit totalement possession.

L'individu se mit alors à parler. Erin le devina lorsqu'elle distingua sa bouche se mouvoir comme pour articuler des mots, mais elle n'entendit rien.

— Que dîtes-vous ? interrogea-t-elle après avoir finalement réussi à séparer ses lèvres l'une de l'autre pour la première fois depuis le début de cette étrange rencontre.

Il se remit à s'exprimer, mais aucune parole ne parvint jusqu'à elle. Elle s'efforça de se concentrer, mais rien n'y fit. À la place des propos qu'elle cherchait à comprendre, un bourdonnement envahit ses tympans. Le son perturbateur, assourdissant, obstruait telle une barrière le passage de tout autre bruit. Tandis qu'elle appuyait avec ses doigts à l'intérieur des oreilles espérant dissiper ainsi la gêne, une bourrasque de vent se leva, la repoussa violemment, si fort qu'elle glissa sur l'un des rochers, en tombant sa tête percuta alors une des pierres, ceci mit immédiatement un terme au songe.

Dans son lit, Erin était ahurie non seulement en raison de la teneur du rêve, de la présence de cet homme, mais aussi à cause de la forme de celui-ci. Jamais encore elle n'en avait fait un dans lequel elle s'était retrouvée avec un champ d'action et de volonté si important. Quant au contenu, il avait été des plus étranges, suscitant même le mal-être. Une question lui trotta en tête. Qui était cet individu à ses côtés ? L'aurait-elle déjà aperçu par le passé ou l'avait-elle créé de toute pièce ?

En ouvrant les volets un peu après, elle ne pouvait croire à ce qu'elle vit à l'extérieur. L'homme de son rêve était présent. Il était assis sur le banc à quelques mètres de son appartement. Comment était-ce seulement possible ? Elle venait de le voir cette nuit en songe et aujourd'hui, il se tenait là, dans sa ville, existant bel et bien. Elle l'étudia discrètement.

Son visage austère était entouré par des cheveux clairs, ni blonds, ni blancs, mais un étrange mélange des deux tirant sur le gris perle sous certains angles de lumière. Erin n'avait jusqu'alors jamais observé une pareille teinte capillaire chez personne avant lui, cela était d'autant plus étonnant vu l'âge non avancé de l'homme. Grand et élancé, il était vêtu d'un imperméable ivoire alors même que le temps était plutôt doux dernièrement. Sous celui-ci se cachait un pull pourvu d'un col roulé et un pantalon droit, qui étaient d'une nuance quasi identique à celui de son manteau. Mis à part sa tenue qui était différente, il était exactement tel qu'elle l'avait entrevu cette nuit.

En opposition à la clarté de ses cheveux et de ses choix vestimentaires, il émanait de son corps une aura lugubre, intimidante. Pourquoi avait-elle rêvé de lui ? L'avait-elle croisé sans s'en rendre compte, tandis que son inconscient l'aurait gardé en mémoire, puis retranscrit alors qu'elle dormait ? Cela apparaissait être une explication des plus plausibles.

Erin, d'un naturel curieux, fut interpellée par le comportement singulier de ce dernier. Il était statique sur le banc, comparable à une statue de marbre. Elle attendit qu'il se lève, mais il ne le fit pas, il demeurait là tout en suivant du regard le cheminement des passants. Qui était-il ? Que faisait-il dans la vie ? Pourquoi rester ainsi à ne rien faire ? Elle travaillait de chez elle et la fenêtre de sa chambre offrait une vue parfaite sur ce lieu de siège. Poussée par sa curiosité, elle se mit en tête de poursuivre son observation.

Elle referma la vitre, tira le rideau, puis déplaça son bureau juste devant. Accolée au mur, elle s'affaira tout en l'épiant des heures durant. Ce jour-là, sa concentration ne fut pas complète, trop intéressée qu'elle était par ce qu'il se passait à l'extérieur, sans même se rendre compte qu'elle reproduisait finalement le comportement fixe de celui qui attirait tant son attention.

Les heures s'écoulèrent ainsi, ni l'un ni l'autre ne change de position. Plus elle l'observait, plus elle avait la sensation de l'avoir déjà rencontré au cours de sa vie. Malgré tous les efforts pour se le remémorer, elle n'arrivait à se souvenir ni de l'époque ni de l'endroit. En dépit du manque de preuves, au fond d'elle, elle restait persuadée que son intuition était fondée.

Au bout d'un long moment, alors qu'elle était plus accaparée par sa surveillance dissimulée que par son travail, sans qu'elle ne s'y attende, il leva le regard vers sa fenêtre. Même à travers le rideau protecteur qui lui servait à ne pas être vue en retour, elle eut la claire impression que leurs yeux se croisèrent. Déstabilisée, elle se jeta instantanément au sol en vue de se substituer à ce moment d'embarras. Lorsqu'elle eut enfin le courage de remonter, il n'était plus là.

Le soir arrivant, elle vaqua à ses activités personnelles, puis l'heure d'aller se coucher survint. Elle s'apprêtait à s'allonger quand elle constata qu'elle avait oublié de fermer ses volets. Elle s'approcha de la fenêtre, et en l'ouvrant, elle l'aperçut. Il se tenait, debout devant le banc, tourné vers elle, l'œil fixement planté sur elle. Elle demeura sans bouger dans un premier temps puis, poussée par une pulsion, elle ne put se contenir plus. Armée d'audace elle descendit le rejoindre.

Tout juste parvenue en face de lui, elle déversa sur lui le flot de questions qu'elle se posait depuis le matin. À la place des réponses qu'elle avait tant espérées, elle se heurta au silence. Pourquoi ne lui répondait-il pas ? Pourquoi se contenter de la toiser ainsi sans prononcer le moindre mot ? Elle aurait encore préféré qu'il l'éconduise, la renvoie chez elle plutôt que cette ignorance assumée. Contrariée, déçue, probablement un peu honteuse aussi de cette sorte d'humiliation, elle se détourna sans aucune autre parole supplémentaire, désirant regagner son domicile.

Elle avança sans regarder en arrière, mais, alors qu'elle avait presque atteint le perron, un subtil marmonnement comparable à un chant se fit entendre dans la rue vide et silencieuse. Elle se retourna sans attendre, pensant que cela provenait de l'homme, mais en vérifiant le banc elle découvrit qu'il n'était plus là. Le murmure musical, lui, se poursuivit. Il s'intensifia. Erin ne put en saisir les propos, leur prononciation n'était pas claire. Elle continua à progresser, monta les escaliers qui la ramenaient à son appartement, tandis que le refrain ne cessait pas. D'où pouvait-il bien émaner ? Même en se focalisant dessus, Erin ne parvint pas à en comprendre le sens.

Plus elle s'approchait de son domicile, plus le volume augmentait. Non seulement cela, mais la sonorité se modifia. Alors qu'au début il s'assimilait à une ballade, l'émotion dégagée se fit tout à coup plus déplaisante, plus glauque. La voix, dont les mots lui restaient toujours incompréhensibles, devint plus dramatique, pleine de mélancolie, se métamorphosant à présent en un lamento sinistre.

Le couplet pesant fit naître un sentiment de confusion, d'inconfort au plus profond d'Erin, il se répandit dans tout son être, prenant possession de son esprit, mais aussi de son corps qu'elle sentit alors alangui. Elle accéléra le pas pressée de rejoindre le plus rapidement sa porte d'entrée.

Harcelée par la plainte chantée qui se poursuivait, elle se jeta dans son lit, enfouit sa tête sous son oreiller tout en appuyant fortement sur celui-ci. Il fallait que ce bruit disparaisse ou elle allait devenir folle. Pourquoi ne voulait-il pas partir ? Elle prit ses écouteurs qu'elle enfonça dans ses oreilles, puis mit une musique au son maximum. Mais, comme s'il tentait de la dominer, le gémissement se fit plus fort encore. Excédée, Erin retira les écouteurs qu'elle lança au sol prise de colère.

Durant les heures qui suivirent, elle n'eut de cesse de se retourner dans un sens puis dans l'autre alors que son tourment continuait, la poussait à bout, jamais encore elle n'avait éprouvé un mal-être si viscéral. Perturbée, frustrée, à bout de nerfs, elle se mit alors à tambouriner de ses poings sur les côtés de son matelas.

— Arrêtez-ça ! hurla-t-elle sans vraiment connaître celui à qui elle s'adressait après avoir ôté le coussin qui n'avait pas su la protéger de sur son visage.

Tout en poussant ce cri de désespoir, elle remonta assise sur son lit. À peine avait-elle fini de prononcer ces quelques mots que la voix se tut. Enfin ! Elle était finalement libérée de cette torture psychologique qu'elle subissait depuis des heures. Délivrée de ce poids, elle se rallongea. Épuisée par des heures de tension et d'oppression, elle s'endormit sous peu.

Aussitôt tombée en léthargie, elle rejoignit le bord de rivière de la nuit passée et fut occupée à une besogne similaire. Tout était conforme à son expérience de la veille, seuls deux points différaient. En premier lieu, elle se retrouvait cette fois en train de laver le haut qu'elle avait porté le jour même et non celui de la journée précédente. Ensuite, la seconde différence tenait dans le fait que l'eau, dans laquelle elle savonnait son linge ensanglanté, était déjà contaminée par la teinte pourpre dont elle s'était revêtue lors de son rêve antérieur. Le flot sali ne faisait que tacher encore plus le vêtement qu'elle plongeait en son sein.

Erin tenta de toutes ses forces d'arrêter de frotter, mais son corps agissait sans qu'elle ait la moindre autorité sur lui. Alors qu'elle se trouvait en pleine lutte contre elle-même, une question lui vint à l'esprit. Allait-il la rejoindre aujourd'hui aussi ? Tandis que la peau de ses doigts se fripait sous le contact prolongé de l'eau, que ses mains étaient écorchées, sanguinolentes en raison des rochers pointus, elle gardait son visage, seul élément qu'elle réussissait à contrôler, tourné vers l'endroit d'où il s'était approché le jour avant.

Son attente ne fut pas vaine puisque, quelques minutes après, il se présenta devant elle. Sa tenue de lin redevenue immaculée, pieds nus, il avançait pourtant sans peine sur les pierres tranchantes. Il vint s'installer près d'elle et commença à s'atteler à son devoir. Qu'est-ce que signifiait tout cela ? Pourquoi le retrouvait-elle à nouveau dans ce rêve déconcertant, ce songe hors-norme, inexplicable qui semblait presque réel ? Comment expliquer tous ces événements ? Erin n'arrivait plus à y voir clair. Elle désirait comprendre.

— Qui êtes-vous donc ? Qu'est-ce que veut dire tout cela ? réussit-elle à prononcer dès la première tentative cette fois-ci.

L'homme ne daigna pas tourner la tête vers elle, se contentant de poursuivre son nettoyage ininterrompu. Prise d'aigreur face à toute cette incompréhension, elle se redressa, elle était parvenue à retrouver l'usage de l'intégralité de son corps, elle ramassa alors le tas de linge qu'elle joignit à celui qu'elle tenait déjà en main et les lança en plein milieu de la rivière avec emportement.

— Cela suffit ! aboya-t-elle avec vigueur à l'individu toujours accroupi.

Sans la regarder un instant, il se leva avec précipitation en direction des vêtements balayés par la puissance du liquide. Il les récupéra dans la hâte plongeant, nageant, comme s'il s'agissait d'un impératif pour lui. Lorsqu'il eut enfin terminé, il se releva à la verticale pour faire face à Erin. Consternée, interloquée par cette scène singulière qui s'était produite devant ses yeux, Erin resta silencieuse. Il ne prononça pas non plus un seul mot.

Au bout d'un certain temps ainsi à se scruter sans un bruit, elle put apercevoir une larme qui vint se poster au bord d'une des paupières de l'inconnu. Une autre la rejoignit bientôt, puis elles furent ralliées par une dizaine d'autres. La barrière de cils désormais trop faible pour en supporter le poids lâcha, les laissant s'écouler le long des joues de l'homme, son visage en fut entièrement baigné. Émue par cet individu qui se tenait là devant elle, en pleurs, les bras chargés de ses propres vêtements, elle outrepassa l'incertitude qui l'habitait et s'avança vers lui.

Alors qu'elle n'était maintenant plus qu'à quelques centimètres de lui, elle étendit son coude, déployant sa main dans sa direction. Avant même qu'elle n'ait eu le temps d'entrer en contact avec lui, il lâcha les habits. Un cri sifflant, cauchemardesque éclata alors.

Erin sortit soudainement de son rêve et se retrouva dans son lit. Les muscles de son corps étaient raides, toujours en alerte après la frayeur causée par le hurlement d'horreur. Il l'avait touchée, déstabilisée. Elle tremblait, son cœur battait à toute allure, ses yeux étaient au bord des larmes. Elle tenta de descendre de son matelas, mais ne put y parvenir au premier essai.

Voyant la lumière percer au travers des volets, elle comprit que le matin était arrivé. Il lui fallut de longues minutes avant de se remettre du traumatisme et plusieurs tentatives pour s'extirper de sous ses draps. Elle posa un pied après l'autre, puis se leva enfin entièrement après une pause. Elle rejoignit les fenêtres qu'elle ouvrit en grand, puis repoussa les persiennes. Là, elle se stoppa. Debout, en bas de chez elle, l'inconnu l'observait.

Possédée par un mélange de sentiments comprenant confusion, ressentiment, peur et frustration, Erin se précipita à l'extérieur encore en pyjama. Elle descendit les escaliers en courant, sautant les marches par deux, parfois même trois, manquant de chuter dans sa précipitation. À bout de souffle, elle arriva finalement devant lui. Elle l'empoigna par le col des deux mains.

— Mais qui êtes-vous bon sang ? Expliquez-moi ce qu'il se passe ! s'époumona-t-elle.

Devant le mutisme de l'homme, elle se mit à le secouer, des larmes de colère s'échappèrent de ses yeux alors qu'elle poursuivait son attaque.

— Répondez-moi !

Elle s'y reprit plus fort, mais son obstination ne fut en rien récompensée, l'inconnu n'esquissa pas le moindre mouvement, ne prononça pas le moindre mot, ne se défendit pas.

Alors qu'elle se laissait à présent totalement emporter par son amertume, Erin sentit son bras se faire saisir par une tierce personne. En se retournant, elle reconnut sa tante qui la tenait fermement, les yeux exorbités, elle parut bouleversée par ce à quoi elle venait d'assister.

— Qu'est-ce qui te prend Erin ? Tu as l'air d'une folle. Pourquoi hurles-tu ainsi en pleine rue, en pyjama qui plus est ? À qui t'adresses-tu donc ?

Erin pointa du doigt celui qu'elle maintenait encore d'une main.

— Ne le vois-tu pas ? Je parle à l'homme à côté de moi.

— Erin... il n'y a personne à tes côtés. J'avais entendu des rumeurs à ton sujet ce matin, les gens t'auraient aperçue t'exprimer dans le vide comme si tu discutais avec un fantôme hier soir. Je ne voulais pas les croire, mais il semblerait qu'ils avaient finalement raison.

Erin eut l'air effarée.

— Ne me fais pas passer pour une illuminée, je sais très bien ce que j'ai vu. Regarde, il est juste à côté de nous.

Elle se retourna et ne trouva personne à ses côtés, seulement une place vide.

— Cela ne peut pas être possible, je ne l'ai pas imaginé. Je l'ai observé toute la journée d'hier.

— Je pense que tu devrais rentrer aller te reposer ma chérie. Nous irons voir un médecin si tu le souhaites, tu dois être trop stressée dernièrement, tu as l'air très fatiguée et égarée.

Assommée par ce qu'elle venait d'entendre, Erin se sentit prise de vertiges, elle courut pour retourner chez elle, mais ne regarda pas avant de traverser. Fauchée par une voiture, elle s'effondra au sol. Ne pouvant plus bouger, elle réussit tout de même à ouvrir les paupières. Là, penché au-dessus d'elle, elle le vit, elle n'avait donc pas rêvé, elle n'était pas folle, elle était rassurée de ne pas avoir perdu la tête.

L'homme se mit à genoux et la serra contre lui. Maintenant qu'elle le détaillait de plus près, elle se souvint. Elle ne s'était pas trompée, elle l'avait bien déjà croisé par le passé. Cet homme, c'était lui qu'elle avait découvert posté devant la maison familiale un soir alors qu'elle n'était âgée que d'une dizaine d'années, la nuit juste avant l'accident qui avait coûté la vie à ses parents.

Il se rapprocha de son oreille, elle entendit dans un souffle les premiers mots qu'il prononçait depuis leur rencontre.

— Comme ma mission me l'impose, je ne suis qu'un simple messager, rien de plus.

Sur ces mots, la flamme d'Erin s'éteignit définitivement dans les bras de cet être qui avait tout fait pour la prévenir du destin funeste qui l'attendait.

La banshee

Esprit féminin du folklore celte en particulier irlandais, la banshee prédit la mort prochaine de l'un des membres de la famille à laquelle elle est liée. Vêtue de blanc ou de gris, elle avertit le malheureux de son sort par divers moyens, en lavant ses vêtements salis, par des gémissements, des pleurs ou encore à l'aide d'un cri perçant.

L'AUTRE DANS LE MIROIR

Couvert de sang, de terre et de poussière, Max jeta une dernière motte sur la dépouille qu'il venait d'enterrer. Aujourd'hui, la tâche avait été bien plus ardue que les fois précédentes. Ce soir, l'homme s'était défendu avec rage.

À l'instar d'une bête sauvage prise au piège, il s'était débattu de toutes ses forces, il avait cogné avec ses poings, ses pieds, griffé, mordu, tentant par tous les moyens, poussé par l'énergie du désespoir, de s'accrocher au mince fil de la vie qu'il lui restait. Max avait eu beaucoup plus de mal à le maîtriser qu'avec ses prédécesseurs. Bâti comme un colosse, doté d'une force impressionnante, cette bataille avait été sans précédent, plusieurs blessures sur son visage et son corps pouvaient d'ailleurs en attester.

Pourtant, malgré tout, il était celui qui était sorti victorieux. Aussi puissant son adversaire soit-il, il l'était bien plus, car il était guidé par une détermination sans failles. La nécessité de devoir accomplir sa mission le poussait à se surpasser, à aller au-delà de ses propres limites physiques.

Son œuvre finalisée, il remonta le chemin sinueux qui le ramenait à sa voiture. Satisfait de lui-même, il se félicitait de son succès, un sourire s'esquissa sur ses lèvres témoignant de la stimulation et du triomphe que lui avait conféré ce combat féroce.

Chaque fois, la réussite lui apportait encore plus de plaisir et de contentement, comme s'il parvenait à combler un sentiment de satiété. Depuis quelque temps, il avait presque développé une addiction à l'adrénaline que lui procuraient ces violentes rencontres. Il ne pouvait plus se passer de cette sensation de suprématie, de vitalité qu'il tirait des affrontements. Ceci, couplé à sa certitude de faire ce qui était juste, le rendait fier, exalté, impatient de repartir en chasse.

Il arriva peu après à sa voiture. Alors qu'il venait de s'installer sur le siège conducteur, il jeta un coup d'œil rapide dans son rétroviseur, il y vit son visage tuméfié, couvert de coupures, de bleus naissants, sur lequel le sang de l'autre homme et le sien se mêlaient comme s'ils ne faisaient qu'un en des tâches séchées. Cette image le frappa et le déstabilisa un instant, mais il revint vite à lui. Il ne devait en aucun cas perdre de vue la « quête » qu'il avait entreprise.

En effet, depuis qu'il s'était donné pour mission de purifier la ville de tous les criminels qui avaient réussi à échapper à la justice, il ne s'était jamais senti aussi utile ni si vivant. Il avait déjà éliminé plus d'une dizaine de ces êtres vils, pervertis, immoraux et indignes de fouler le sol de cette Terre. Leur nouvelle place était beaucoup plus appropriée, en son sein, ils avaient désormais l'utilité de la nourrir.

— Cette fois, notre homme ne nous a pas rendu la tâche aisée. Mais, tu t'en es admirablement sorti.

— Je n'aurais rien pu faire sans toi. C'est toi qui m'as décidé à revêtir ce rôle. Et surtout, depuis que tu m'accompagnes, je suis bien plus fort, quasiment invincible. Avec nos capacités combinées, je doute que quelqu'un puisse venir à bout de nous. Merci encore de m'avoir réveillé.

— Tu n'as pas à me remercier. Tu es celui qui fait tout le travail. Moi je suis juste sorti au grand jour pour te protéger et t'épauler. Tu étais si désespéré alors, si impuissant face aux horreurs, à l'immoralité de ce monde. Je ne pouvais plus te regarder te détruire de l'intérieur sans rien faire. Je devais te montrer la voie de ton salut. Tu étais trop aveuglé par une conscience mal placée, je devais t'ouvrir les yeux, te laisser déployer ton potentiel et te convaincre que tu es celui qui est dans son bon droit. Sans cela, tu aurais été consumé par ta rage et ta souffrance.

— C'est vrai, je n'en aurais jamais eu le courage.

— Cela n'est pas une question de courage, tu en as à revendre. Il te fallait juste comprendre que parfois, face à des événements désespérés, il est nécessaire d'employer certains moyens tout aussi désespérés, même s'ils peuvent s'avérer extrêmes. Ceux qui ne se comportent plus comme des êtres humains ne méritent pas qu'on les traite comme tel.

— Je suis bien d'accord avec toi.

Tout en parlant, Max regarda à nouveau dans le rétroviseur. À présent, à côté de son propre reflet, il pouvait en observer un second, celui d'un homme qui tout comme un frère jumeau lui ressemblait trait pour trait. Il était son confident, son complice, son partenaire, son sauveur.

Six mois plus tôt

Ce soir-là, après la libération du suspect pour un vice de procédure absurde, Max rentra chez lui dépité. Après des semaines de poursuite, il ne pouvait pas accepter que cela se termine ainsi. Il était écœuré de cette société dans laquelle il évoluait. Pourquoi se battre à longueur de temps alors que le système ne fonctionnait pas ? Pourquoi s'obstiner à lutter contre le vent à la manière de Don Quichotte? Rien ne se passait tel qu'il le devrait, qu'il le faudrait, rien ne changerait, tout ne faisait qu'empirer. Le monde était déjà bien trop gangrené et rongé par le mal.

Il était devenu policier avec l'espoir de pouvoir permettre aux choses d'évoluer, de rendre justice. Malheureusement, comme bien d'autres avant lui, la désillusion avait été sévère, sans pitié. L'espérance déçue avait été des plus difficile à accepter. Il avait alors réalisé son impuissance, l'incapacité dans laquelle il se trouvait de faire quoi que ce soit.

Il s'assit sur son canapé, dans le silence, la nuit avait pris possession des lieux, dans la pénombre, seuls les rayons des quelques lampadaires à l'extérieur éclairaient à peine l'intérieur de la pièce en se faufilant au travers des fenêtres dont les volets n'avaient pas été fermés. Il ne mangea pas, ne se changea pas, ne se lava pas.

Durant de longues heures, il ressassa le fil de sa carrière et de sa vie. Il se remémora chacune des affaires sur lesquelles il avait travaillé, chacun des cas traités par ses collègues, dans lesquels les coupables n'avaient pas reçu la peine qu'ils méritaient ou avaient tout simplement échappé à toute condamnation. Il resta désabusé à se morfondre, inconsolable.

Au bout d'un certain temps, il se leva. Avançant avec résignation, il se dirigea vers sa chambre. Il ouvrit la commode qui se trouvait près de son lit, puis se saisit du revolver qui y reposait. L'objet avec lui, il retourna au salon se rasseoir à la place qui était la sienne depuis qu'il était rentré plus tôt dans la soirée.

Le pistolet dans sa main droite, cette dernière placée sur ses genoux, il ne détournait pas son regard de l'instrument de mort. Puisque tout était vain, pourquoi continuer ? Pourquoi poursuivre dans cette vie qui n'était que malheur, colère et déception perpétuelle ? Rien ne changerait jamais. Rien ne valait la peine. Il leva son arme et la porta sur sa tempe.

Il se figea dans cette position, après quelques secondes, il posa à nouveau son poing armé sur ses cuisses. Il ne pouvait se résoudre à franchir ce pas. Au cours des heures suivantes, il répéta ce schéma à plusieurs reprises. À chaque fois, sa main retrouvait sa place initiale. Pourquoi ne parvenait-il même pas à faire cela ? Pourquoi vouloir rester malgré tout ?

Tandis que la nuit poursuivait son cours, Max se leva, retourna dans sa chambre et remit le revolver dans son écrin. Même s'il était hanté par l'amertume, plongé dans le tourment et dans un découragement dont il ne sortirait pas, il ne pouvait en arriver là. Pourquoi devrait-il mourir lui ? Pourquoi s'ôter la vie alors qu'il n'était pas le problème ? Ce n'était pas lui le monstre, mais les autres. Pourquoi devrait-il se punir pour les agissements d'autrui ?

Il se rendit dans la salle de bain où il commença à se déshabiller en vue de prendre enfin une douche. Lorsque par mégarde son regard se posa l'espace d'une seconde sur le miroir, il crut à une divagation de son esprit. Il continua son occupation, mais en se relevant, la même vision lui apparut encore. Il resta un instant à l'observer ébahi. À côté de son reflet, un second en retrait, identique en tout point au sien, comme un autre lui.

— Tu as besoin de repos mon pauvre Max, tu t'égares, souffla-t-il en se parlant à lui-même.

— Non Max, tu ne rêves pas, je suis bien réel.

— Cela ne peut être possible.

— Pourtant, tout ceci est bien vrai, lui répondit alors l'individu.

— Qui êtes-vous ? Pourquoi...

— Pourquoi je te ressemble ? l'interrompit l'autre reflet. Simplement, car je suis toi sans toutefois l'être vraiment. Je suis similaire à toi physiquement, mais j'ai en quelque sorte ma pensée personnelle, ma personnalité tout en vivant en toi. Je suis ce que l'on pourrait appeler ton doppelgänger, ton clone interne. Je n'ai pas de corps physique, mais mon existence est propre, distincte de la tienne. Je me montre à toi aujourd'hui, car tu as besoin de moi, je le sens.

— Pourquoi aurais-je besoin de toi ?

— Avant de te répondre, j'ai une question pour toi. Pourquoi n'as-tu pas réussi à mettre fin à ta vie tout à l'heure ?

— Tu… Tu as assisté à cela aussi ?

— Bien sûr, j'ai été là à chaque événement de ton existence. Alors, pourquoi n'as-tu pas pu tirer ?

— J'ai pensé que je n'étais pas celui qui méritait de mourir. Toute ma vie durant, je me suis efforcé d'être quelqu'un de bien, de me comporter comme il le faudrait. J'ai essayé de chasser le mal en devenant inspecteur, d'apporter la justice. Ils sont ceux qui devraient disparaître, ils sont les démons qui sèment le chaos sur Terre.

L'autre ne répondit pas immédiatement, il prit le temps de réfléchir aux justifications fournies par Max.

— Tu as absolument raison. Seuls les monstres doivent être éradiqués. Tu devines donc ce qu'il te reste à faire.

— Où veux-tu en venir ?

— Tu n'en peux plus de ce monde qui t'entoure, mais tu ne peux pas te résoudre à le quitter. Que ressens-tu quand tu observes ces barbares fouler le même sol que toi sachant toutes les horreurs qu'ils commettent ?

— J'éprouve une fureur que je peine à présent à réprimer.

— Alors, pourquoi la contenir ? Vu que le système ne fonctionne pas, pourquoi ne le remplacerais-tu pas ?

— Que veux-tu que je fasse ?

— Il ne s'agit pas de ce que je veux, mais de ce qui devrait être. Et si tu te servais de ce feu en toi, que tu le transformais en vigueur et que tu t'attelais à nettoyer cette planète de la crasse qui s'y est accumulée ? Si tu te chargeais de sanctionner ceux qui en ont besoin ? Tu ne pourras certes pas tous les éliminer, mais tu pourrais t'occuper d'un certain nombre d'entre eux, en commençant par épurer cette ville. Tous ceux qui ont échappé aux sanctions, alors que tu t'es démené pour les conduire en prison, tu pourrais enfin les faire payer. Ils ne pourraient plus faire de mal à personne. Tu leur montrerais qu'une correction attend toujours ceux qui souillent notre monde de par leurs actes abominables.

— Je ne peux pas faire une telle chose, répondit Max.

— Pourquoi donc ?

— Cela n'est pas juste.

— Il est juste selon toi de les laisser perpétrer leurs méfaits sans intervenir ? s'agaça l'homme.

— Non, ça ne l'est pas.

— Pourtant c'est bien ce que tu fais depuis tout ce temps. Tu leur donnes l'opportunité d'agir à leur guise, tu fais confiance à d'autres pour leur infliger leur pénitence sans que celle-ci ne soit réellement appliquée, les haïssant dans ton coin sans pour autant faire quoi que ce soit pour y remédier.

Celui qui a pu s'en sortir aujourd'hui, crois-tu qu'il va rester sagement chez lui et mettre un terme à ses activités criminelles ? Évidemment que non, il continuera à faire souffrir les autres sauf si quelqu'un l'en empêche, sauf si tu l'en empêches. Cesse donc de n'être que spectateur, sois le réel acteur, conclut-il.

Les paroles de ce double résonnèrent en lui comme une révélation, une évidence, une pensée intime qu'il aurait toujours eu tapie au fond de lui-même, mais qui n'était encore jamais ressortie en raison de son caractère radical. S'il plongeait dans cela, il ne pourrait plus revenir en arrière.

— Tu as raison. Je ne peux plus rester à ne rien faire.

Sans plus attendre, il regagna le salon, et attrapa le dossier posé sur la table à manger. Il chercha l'adresse du domicile du suspect. Il ne prit pas plus de temps à la réflexion. Aussitôt, il ramassa ses clés de voiture, sortit de chez lui, l'ascenseur était trop lent pour lui, il emprunta les escaliers qu'il descendit au pas de course, rejoignit le parking où était garé son véhicule, s'installe au volant de celui-ci, il démarra, puis il roula à toute vitesse afin de parvenir au plus vite à la destination qu'il s'était fixée.

Ce soir-là, il punit enfin celui dont l'affaire n'avait abouti à rien plus tôt dans la journée. En tant que première fois, l'opération ne se déroula pas aussi facilement qu'il l'aurait voulu. Ce fut une expérience quelque peu désorganisée, expéditive, il n'en tira aucune satisfaction, accomplissant sans s'attarder la tâche qu'il s'était donnée. En rentrant, il ne put dormir, rongé par la culpabilité, celle-ci le maintint éveillé toute la nuit.

Par la suite, après cette première intervention en demi-teinte, les choses muèrent, tout au long des missions suivantes, elles devinrent de plus en plus simples, presque coutumières.

Plus elles s'enchaînaient, plus il évoluait, il se faisait plus méthodique, plus expérimenté, bien plus professionnel. Il s'appliquait dorénavant à faire durer le supplice plus en longueur. En retournant chez lui après avoir accompli son devoir, la culpabilité se faisait moins sentir, jusqu'à ce qu'un jour, elle disparaisse totalement pour laisser place à un sentiment opposé, la félicité.

Désormais, il se réjouissait de chacun de ses actes, il s'amusait lors de chaque châtiment qu'il infligeait. C'était le sourire aux lèvres qu'il martelait de coups ses adversaires, qu'il détruisait leur corps, qu'il leur administrait les souffrances qu'ils avaient forcé les autres à subir. Il attendait avec hâte chaque nouvelle intervention.

Il ne se rendait plus à son travail, se consacrant intégralement à sa récente vocation, passant chaque journée à préparer ses rencontres nocturnes, à les anticiper, à les fantasmer, espérant leur venue.

Il étudiait chaque individu en détails, leurs habitudes, leur mode opératoire et le moment venu, il les répétait sur eux. Il utilisait sans en omettre une toutes les armes, tous les ustensiles imaginables, tous ceux dont ces derniers avaient fait usage sur leurs victimes malheureuses. Il tranchait leur chair, coupait leur peau, amputait leurs membres, les disséquait, les laissait se vider de leur sang tandis qu'il se délectait du spectacle. Tout le mal qu'ils avaient pu commettre, il le leur faisait payer au centuple. Il riait face à leurs supplications, leurs excuses, leur marchandage, leurs pleurs.

Encouragé, approuvé dans ses agissements par son compagnon, son complice qui le motivait, le stimulait, le poussait à aller toujours plus loin dans ses actions, il était certain de faire ce qu'il fallait. Chaque nouveau combat, chaque nouveau cadavre enterré, chaque nouvel être abject qu'il condamnait ne contribuait qu'à gonfler son ego et le conforter dans son comportement. Il observait le sang qui recouvrait ses mains en revenant chez lui, il était pour lui le symbole de sa victoire sur le mal, son trophée. Il n'était plus abattu ni à l'agonie, il était plus heureux que jamais, bien dans sa tête. Enfin, il se levait avec espoir, avec envie. Surtout, à présent, il ne se sentait plus seul, il était soutenu, accompagné chaque jour de sa vie par cet être surprenant, qu'il considérait comme son unique ami.

Présent

Après une bonne heure de trajet, Max rentra chez lui, il entreprit directement d'aller se laver. Arrivé dans la salle de bain, il s'arrêta devant le miroir.

— Je me suis bien amusé ce soir, lui dit alors le second reflet toujours placé à côté du sien. Je suis si fier de toi, de l'homme que tu es devenu.

Alors qu'il observait son partenaire, il détourna son regard qui se posa sur sa propre image. Ce portrait qui l'avait quelque peu ébranlé un peu plus tôt dans la soirée lui apparut de nouveau, cette fois-ci il ne put dévier les yeux. Il resta figé, désarçonné par son reflet dans le miroir. Il fut frappé par cette représentation de sa figure. Son visage avait les traits durcis, il était blessé, taillardé, recouvert de sang et de terre, il ne ressemblait plus à un profil humain. Ne se reconnaissant plus, il avait l'impression que ce reflet n'était pas le sien, il ne pouvait pas croire que cet homme-là, celui qu'il regardait n'était autre que lui-même. Il examina son compagnon à l'arrière. La physionomie de ce dernier lui évoqua ce qu'il avait été, une apparence intacte, sans blessures, l'air reposé, sans traces de ses batailles récentes. Lui, il n'était plus comme cela. Ce contraste qui existait entre eux d'eux l'affligea au plus haut point.

En se déshabillant, il s'aperçut que sa silhouette aussi était différente, elle n'était plus celle qu'il connaissait, colorée par le sang, elle était jonchée de multiples cicatrices, d'hématomes et de plaies dont il ne sentait même plus la douleur avec le temps. Accablé par cet aspect de lui-même peu flatteur que lui renvoyait le miroir, il décida d'aller se doucher sans répondre à son autre lui. Il pensa qu'en nettoyant son corps en surface, il pourrait se purifier et ainsi retrouver son véritable lui quand il sortirait. Persuadé que cela allait fonctionner, il lava à plusieurs reprises chaque parcelle et frotta fort, si fort qu'il s'en abîma l'épiderme bien plus qu'il ne l'était déjà de par ses nombreuses blessures, mais encore une fois il ne ressentit rien, comme s'il s'était habitué au mal. Sa peau s'arrachait sous l'intensité et l'acharnement de ses mouvements, elle devint bleutée en raison de l'eau gelée sous laquelle il s'était plongé comme pour se faire souffrir, se châtier lui-même.

Quand il eut fini, il sortit et se plaça de nouveau face à la glace en étant convaincu qu'il se reconnaîtrait enfin, mais ce ne fut point le cas. Devant lui, dans ce miroir qui lui semblait désormais maudit, apparaissait la même image que précédemment, certes, il était à présent propre à l'extérieur, mais il n'était plus que l'ombre de lui-même.

La projection qui s'affichait était celle de quelqu'un de froid, dur, mauvais qui prenait plaisir à ôter la vie d'autres êtres humains et se réjouissait lorsque se présentait le moment d'assener le dernier coup à ses adversaires. Face à ce portrait de lui immonde, une nausée lui vint.

Alors que ses premières intentions lui avaient semblé louables, poussé par les incitations de son autre lui, et bien qu'il ne se soit jamais considéré comme un héros, mais plutôt comme un justicier, il n'arrivait plus aujourd'hui à voir l'homme bon qu'il avait toujours pensé être. Comment avait-il pu changer à ce point ? Qui était-il devenu ? Il détailla chaque trait de son visage et de son corps, chaque blessure encore à vif, celles qui avaient déjà cicatrisé, qui lui rappelaient ceux qu'il avait assassinés.

Voilà ce qu'il était désormais, un simple assassin, semblable aux proies qu'il avait chassées. Il n'était à présent comme eux qu'un individu sali, immonde, perverti par le sang et corrompu par la haine. Tout comme eux, il était devenu un être impur, un être indigne de vivre. Il resta encore plusieurs minutes à s'observer, le chagrin l'anéantit, il se répugnait. Il réfléchit un moment ainsi, puis au bout d'un certain temps, il ne lui vint qu'une solution en tête.

S'il entendait demeurer cohérent avec ses principes, mais aussi dans le but de retrouver le peu de dignité et d'honneur qui subsistaient, il n'avait plus qu'une chose à faire pour expier sa faute. Il s'était juré de purifier cette ville, de lutter contre l'injustice et de balayer de cette Terre la vermine qui y avait pris racine. Il fallait se rendre à l'évidence, il faisait dorénavant partie de ces impuretés qui maculaient ce sol.

Max sortit de la salle de bain, il s'approcha du tiroir de la commode de sa chambre, l'ouvrit et se saisit du revolver qui y était couché. Il s'assit sur le lit face au miroir sur pieds qui était posé là. L'autre était présent, tous deux se regardèrent en silence. Se maudissant lui-même pour ce qu'il était devenu, il demanda pardon, il ne savait pas vraiment à qui s'adressaient ces derniers mots, peut-être à lui-même pour s'être trahi et perdu dans sa quête, mais il ressentit le besoin de prononcer ces paroles. Il posa le canon de son arme sur sa tempe et tira.

Il tomba au sol, le visage en direction de son ami. Alors qu'il déclinait, son sang se répandit, s'écoula, s'étendit tout autour de lui, atteignant à présent le bas du miroir. Il crut alors à un mirage lorsqu'il vit son double commencer à s'extirper de celui-ci. Un membre après l'autre, le corps tout aussi matériel que le sien s'arracha de sa prison.

Constitué de chair et d'os, il fut bientôt intégralement extrait de la glace. Son premier pas se fit d'abord hésitant, incertain, instable. Rapidement pourtant, il prit confiance. Il s'avança un sourire satisfait affiché sur son visage, puis s'agenouilla près de Max. Il ne sembla pas se soucier un instant de la flaque sirupeuse et rougeâtre dans laquelle il pataugeait. Au contraire même, il la caressa des doigts comme s'il était en admiration devant cette peinture macabre. Il se pencha ensuite vers l'oreille en lambeaux de Max qui était sur le point d'expirer son dernier souffle.

— Je devais faire de toi un monstre à seule fin que tu te décides au bout du compte à te donner la mort pour que je puisse enfin sortir de là et prendre ta place. Tout ira bien à présent, réjouis-toi pour moi, je compte vivre une très belle vie bien remplie, ta vie.

Le Doppelgänger

Provenant du folklore germanique, le doppelgänger est décrit comme étant le double d'une personne. Ressemblant à celle-ci en tout point, il serait néanmoins une version différente de l'individu, parfois même nuisible. Il est dit que rencontrer son doppelgänger serait signe d'un malheur à venir ou même de mort.

L'ANÉMONE ROUGE

Partie 1 : John

Cette nuit-là, alors que j'étais profondément endormi, je fus tout à coup réveillé par un hurlement effroyable qui me glaça le sang. Sous le choc, je me relevai, m'asseyant sur le lit en vue de retrouver mes esprits. Mon corps, lui, était recouvert de frissons témoignant de l'épouvante qu'avait provoqué le cri sur lui.

L'incident avait été si intense que les signes de ma panique tardèrent à s'estomper. Je tremblai de peur, tandis que mon cerveau ne cessait de ressasser en boucle la voix pour l'analyser. Avais-je rêvé ? Ce son avait-il été réel ? Après une lutte de plusieurs minutes visant à apaiser ma crainte, je me concentrai de manière à écouter ce qu'il se passait autour de moi, à l'affût d'une quelconque nouvelle manifestation sonore, mais seuls le silence et l'obscurité totale occupaient les lieux.

Je me persuadai alors que cela n'avait été qu'un cauchemar plus que réaliste. Je me rallongeai, mais mon souffle demeurait saccadé et les pulsations de mon cœur rapides. L'éclat de voix avait semblé si authentique, si profond, si désespéré, que mon être restait malgré moi imprégné de l'inquiétude, de la terreur qu'il avait ressentie. Je me tournai vers mon réveil qui indiquait trois heures quarante-cinq, la nuit était loin d'être terminée.

Après cela, il me fallut de longues minutes pour retrouver un semblant de calme et réussir à me rendormir. Durant les heures qui suivirent, mon sommeil ne fut que superficiel, mon esprit et mon corps furent en effet aux aguets du moindre bruit suspect.

Le lendemain, je me levai péniblement, ce demi-sommeil n'avait été aucunement réparateur, je ressentais un manque évident de force causé par cette insomnie. À cela, s'ajouta une migraine dont la douleur se répandit dans ma nuque et le haut de mon dos. La journée passa promptement, mais je ne pus me concentrer sur quoi que ce soit, fatigué et diminué, je somnolai sans cesse, et manquai de m'assoupir à plusieurs reprises.

Le soir venu, je me couchai peu de temps après le dîner, car je n'avais ni l'envie ni la force de rester éveillé. Une nuit complète de repos m'aiderait certainement à récupérer mon manque d'énergie. Je m'endormis sans tarder, les premières heures furent paisibles et sans trouble.

Néanmoins, quelques heures après m'être mis au lit, je fus, comme la veille, violemment tiré de mon songe. Cette fois-ci, ce ne fut pas par une voix hurleuse, mais par d'effroyables complaintes qui tintaient près de mes oreilles, j'en fus tétanisé.

Les innombrables gémissements ne cessaient de se réitérer inlassablement au sein de ma chambre en une plainte dérangeante, glaçante, terrible. Étant dans l'incapacité absolue de bouger, j'eus tout le temps nécessaire pour me focaliser sur ces derniers, je réussis après un moment à en distinguer le contenu.

— Aidez-moi, aidez-moi ! soupirait une voix en continu.

Cela ne fit qu'accroître mon agitation. La situation était totalement insensée, ce ne pouvait être qu'une hallucination, une invention absurde et déraisonnable de mon cerveau, il ne pouvait pas en être autrement. Comment un tel phénomène pourrait-il se produire réellement ?

Envahi par l'angoisse, mon cœur s'accéléra, mon souffle se fit court, j'avais l'impression de ne plus pouvoir reprendre ma respiration tant la tension prenait le dessus. Je m'évertuai tout de même à dissimuler mon trouble, à être le plus silencieux possible en vue de paraître endormi et de ne pas attirer l'attention de cette chose sur moi. Puis, tout à coup, les supplications cessèrent.

Je restais encore quelques secondes camouflé, immobile, attendant d'être certain que le silence soit de retour pour de bon. Enfin, j'abaissai la couverture qui recouvrait mon visage, mais seulement juste au-dessous du nez, j'étais bien trop terrifié pour me dévoiler plus, je ne pouvais retirer ce semblant de bouclier protecteur.

J'étudiai discrètement la pièce m'entourant, celle-ci était vide et était redevenue quiète. Alors que je tournai ma tête pour scanner l'intégralité des lieux, je fus profondément étonné lorsque mon regard s'arrêta sur l'horloge qui indiquait à nouveau trois heures quarante-cinq, tout comme le soir précédent. Cette nuit-là, après ces événements, je ne pus trouver le sommeil.

Le matin suivant, alors que je venais tout juste d'enfin m'endormir, le réveil retentit, me tourmentant par sa sonnerie qui me parut plus agressive que jamais, comme si elle prenait un plaisir malsain à me persécuter. J'étais épuisé, anxieux, mal à l'aise, le moindre bruit me faisait sursauter. Mon corps semblait ne pas avoir l'énergie suffisante, il était l'incapacité d'agir correctement. La journée fut stérile et la nuit que je redoutais désormais arriva avec rapidité.

Je repoussai autant que possible le moment où je devrais aller me coucher en tentant de trouver n'importe quelle occupation aussi futile soit elle pour veiller plus longtemps, mais exténué par deux soirs consécutifs de manque de repos, je dus tout de même me résoudre à rejoindre la chambre de mes récents malheurs.

Je me plaçai sans attendre sous la couette salvatrice, le visage entièrement recouvert par celle-ci. Ne pouvant fermer les yeux tant mon esprit était rongé par l'inquiétude, je guettais apeuré, tremblant, durant plusieurs heures, espérant que ce soir-là je ne serais pas à nouveau le témoin d'un de ces phénomènes inexplicables.

Tout comme les deux nuits précédentes, le silence de la pièce fut tout à coup troublé. J'entendis des chuchotements qui provenaient de l'escalier et se rapprochaient peu à peu. À toute vitesse, les murmures atteignirent le rebord de mon lit, leur volume avait augmenté, les sollicitations de la veille recommencèrent. Effaré, je ne bougeai pas, souhaitant que la voix disparaisse encore d'elle-même.

Seulement, au bout de quelques instants, je sentis une légère pression s'exercer sur le coin de ma couverture.

J'étais soumis à ma peur, pourtant, sans attendre l'aval de mon esprit, ma main abaissa lentement la carapace de laine qui me recouvrait.

Je me retrouvai ainsi à visage découvert, je gardai les yeux fermés, trop inquiet de l'image qui pourrait s'offrir à moi. Je dus utiliser toute ma volonté pour faire céder mon corps et réussir à les ouvrir. Lorsque j'y arrivai finalement, je fus tout de suite frappé par une vision aussi troublante qu'inconcevable. Elle se tenait là, assise à mes côtés, une silhouette floue et immatérielle, un corps translucide à travers lequel je pouvais presque voir le reste de ma chambre.

— Aidez-moi ! Je vous en prie. J'ai besoin d'aide.

***

Partie 2 : Mina

Lorsque j'ouvris les yeux, mon esprit sembla plongé dans un brouillard épars, tout ne m'apparut que comme néant et confusion. J'étais allongée sur le dos, mais je ne connaissais pas le lieu dans lequel je me trouvais. Non seulement cela, mais en vérité tout m'apparaissait étranger y compris ma propre personne. Je faisais face à l'incapacité de me souvenir ne serait-ce que de mon nom ou qui j'étais, comme si une ombre planant sur ma mémoire dissimulait l'intégralité de mes souvenirs.

Dans un premier temps, je tournai ma tête de gauche à droite dans le dessein d'observer mon environnement, mais je ne distinguai rien, uniquement l'obscurité, pas une once de lumière ne semblait atteindre l'endroit au sein duquel je reposais. Alors que j'essayais de me mouvoir, je fus surprise par la légèreté de mon corps, presque comme s'il n'était qu'air. Je réussis à me redresser, ma vue s'ajusta automatiquement, désormais, j'arrivais à discerner l'espace qui m'entourait. Je me rendis compte alors que j'étais cernée de terre et de roches, j'avais presque même l'impression de la traverser.

Déconcertée, j'approchai ma main devant mes yeux dans le but de comprendre ce phénomène, mais au lieu de m'aider cela me plongea au contraire dans un désarroi profond et une incompréhension totale. Celle-ci, n'avait rien de matériel, ni os, ni chair, ni peau, seulement un état nébuleux et vaporeux, après vérification je vis qu'il en était de même pour le reste de mon corps. Je restai ainsi plusieurs minutes à considérer avec dépit mes membres sans consistance. Pourquoi ? Que m'était-il arrivé ?

Alors que je venais de me rendre compte que je n'étais plus qu'un spectre, j'étais consternée. Je secouai alors la tête, scrutant désespérément autour de moi à la recherche d'indices qui me permettraient d'éclaircir la situation. En tournant mon regard vers l'arrière, je fus frappée de stupeur et stoppée dans mon élan, sous moi, à moins d'un mètre de là, gisait un cadavre en décomposition. L'émotion me fit échapper un cri strident et surpuissant. À nouveau, mon esprit retomba dans une brume épaisse.

Lorsque je rouvris les yeux, je ne savais pas combien de temps s'était écoulé depuis ma macabre découverte. Aucun souvenir antérieur à ma récente mésaventure ne semblait vouloir refaire surface. Désirant me substituer à une nouvelle vision du cadavre putride placé derrière moi, je ne me retournai pas et concentrai toute mon énergie avec pour ambition de sortir de la tombe dans laquelle j'étais piégée. Je canalisai mon esprit entièrement à cette tâche, visualisant mon corps, l'imaginant bouger, s'évader, traverser la terre qui m'entourait, puis le forçant à le faire pour de bon.

Après quelques instants, je réussis enfin au prix d'un effort mental important à m'extirper de ce sous-sol terreux et je me retrouvai à la surface. Curieusement, malgré mon état immatériel, mes pieds ne s'enfoncèrent pas dans le sol.

J'inspectai alors les alentours du regard, je pus voir que je me situais sur une propriété privée, face à moi se tenait une petite maison, et moi, j'étais dans le jardin de celle-ci. Aussi loin que put se porter mon champ de vision, je ne vis aucune autre habitation à proximité.

La tête toujours inondée de questionnements, je m'avançai en direction de la construction, espérant y découvrir les réponses à mes interrogations. Pour entrer, je traversai les murs comme je l'avais fait avec la terre plus tôt. Le manque total de personnalisation de l'intérieur donnait à penser que la maison était inoccupée, seuls une paire de chaussures et un manteau à l'entrée attestaient d'une présence. Pour unique décoration, une immense horloge en fer forgé trônait en face de la porte, cette dernière indiquait trois heures trente-neuf.

À côté, un miroir était accroché au mur, je me plaçai devant dans le but de savoir à quoi je ressemblais. Je fus dépitée lorsque je découvris que mon visage n'était pas visible, à la place, une masse floue dominait au milieu d'un amas ondulé de cheveux châtains. Mon corps lui était vêtu d'un ensemble comprenant un chemisier évasé et un pantalon fluide, les deux de couleur noire. À mon grand regret, ces quelques éléments ne me permettaient pas d'appréhender plus en détail ce qu'il m'arrivait. Je me dirigeai donc vers l'escalier qui menait à un étage que j'avais décidé d'aller visiter, je tombai directement devant une chambre dans laquelle je m'engouffrai.

La pièce était plongée dans l'obscurité, mais j'identifiai la silhouette d'un homme allongé sur le lit. Peut-être pourrait-il m'aider ? Il était certainement la seule possibilité qui s'offrait à moi si je souhaitais démêler tout ce nœud d'incertitude, je me risquai à m'approcher de lui et je commençai à lui parler. À plusieurs reprises, je l'implorai, quémandai son assistance, mais mes paroles restèrent sans réponse. Pouvait-il seulement m'entendre ? Je retentai ma chance, mais le résultat fut le même. Puis, sans que je ne m'y attende, je plongeai une fois de plus dans l'obscurité.

Quand je repris mes esprits, je reposais à nouveau dans la tombe dont je m'étais extirpée la fois précédente. Je n'avais toujours aucune notion du temps qui s'était écoulé ni même de la manière dont j'étais revenue à mon point de départ. Aujourd'hui, résolue à saisir chaque opportunité qui me permettrait de faire la lumière sur tout cela, je réunis tout mon courage et en conclus que je me devais d'observer le corps allongé sous moi afin d'obtenir de potentiels indices. Je me retournai et me rapprochai pour l'examiner.

Il s'agissait d'une femme dont la décomposition était en action. La chair creusée avait été entamée par les asticots et autres insectes qui rampaient un peu partout à la recherche de nourriture. Durant un court instant, je détournai mon regard, le spectacle pourtant naturel qui se déroulait devant moi m'écœura. En dépit de cela, je ne pouvais pas me laisser perturber. Je me forçai à reporter mon attention sur elle. Je détaillai les traits de la physionomie qui étaient maintenant bien moins reconnaissables.

Elle portait de nombreuses marques foncées, marron, violacées sur le corps, sur le visage, sur les membres, sur son cou, j'en déduis que la cause en était la décomposition. Le peu de chevelure qui restait était raide et mi-long, les racines plus noircies que le reste donnaient à penser qu'ils étaient colorés de son vivant. Certains endroits de son crâne laissaient apparaître de petites étendues vides de tout cheveu, il ne me sembla pas que cela venait de leur détérioration, mais plutôt qu'ils manquaient avant cela. Elle revêtait les vestiges endommagés de ce que j'identifiai comme étant une chemise de nuit grise. Tout ceci ne m'aida guère plus, en effet, ma compagne de terre me restait inconnue.

Après cette inspection, je remontai à la surface et revins à nouveau sur la même propriété que je décidai d'explorer. Alors que j'avançais, j'aperçus au loin une route que je voulus rejoindre. Néanmoins, tandis que je m'apprêtais à sortir de cet endroit pour m'aventurer plus loin, j'en fus empêchée.

Rien de matériel ne me bloquait le passage, pourtant, je me retrouvai dans l'impossibilité de franchir le seuil de la clôture, comme si un mur invisible me l'interdisait. Je fus confrontée à cette entrave sur toutes les limites entourant le domaine, je ne pouvais en définitive pas le quitter.

Je choisis alors de tenter une nouvelle fois ma chance auprès de cet homme vivant dans la maison, puisqu'il était vraisemblablement mon unique espoir de trouver ce que je recherchais. Je regagnai donc l'habitation.

À peine entrée à l'intérieur de celle-ci, je fus surprise lorsque je lus que l'heure qu'indiquait l'horloge était exactement la même que lors de ma dernière visite. Ne m'attardant pas plus longtemps cependant sur ce fait, je rejoignis rapidement la chambre. Tout en montant, je me parlai à moi-même premièrement pour me redonner du courage, mais aussi dans le but de freiner le découragement qui cherchait à m'infester.

Arrivée près du rebord, je me penchai en direction de l'individu et renouvelai encore mes demandes de la nuit précédente. Une fois de plus, je me heurtai au silence, je fus alors persuadée qu'il ne pouvait pas m'entendre. Je tombai assise sur le bord du lit, totalement abattue par ce nouvel échec et affligée de ne jamais pouvoir comprendre quelle pouvait bien être l'explication à tout cela. Mais, alors que je ne m'attendais plus à aucune avancée positive, je fus surprise de voir la silhouette de ce dernier bouger, abaisser la couverture pour dévoiler son visage et enfin ouvrir les yeux.

***

Partie 3 : 3 h 45

— Pourquoi me persécutes-tu chaque nuit ? Pourquoi ne cesses-tu pas de me tourmenter ? Et pourquoi quémander constamment mon aide ?

— Vous me voyez donc finalement ? C'est inespéré. Je conçois que tout ceci peut vous apparaître comme totalement invraisemblable, mais je dois vous avouer que je suis tout autant perturbée par cette situation que vous. Cela fait maintenant trois fois que je me réveille dans une tombe situé dans votre jardin, dans laquelle gît par ailleurs un cadavre de femme qui m'est étrangère.

Je me suis éveillée ainsi, avec ce corps spectral, ne me rappelant absolument rien, ni de mon histoire, ni même de mon nom. De plus, je ne peux en aucun cas sortir de cette propriété, j'en suis empêchée par une force inexplicable, j'y suis comme piégée. À chaque fois, je ne reste que quelques minutes au bout desquelles je retombe inconsciente. J'ai besoin de vous, car vous êtes la seule personne aux alentours qui pourrait m'aider à faire la lumière sur toute cette histoire.

Je ne sais pas quoi faire pour me soustraire à cette boucle qui se répète inlassablement. Pourquoi apparaître ici ? Pourquoi près de cette femme ? L'aurais-je connue de mon vivant ? Étions-nous amies ? J'en viens à me demander si ma mission ne consisterait pas à résoudre le mystère l'entourant, mon destin est peut-être lié au sien, ma tâche serait donc de lui rendre justice si je désire pouvoir moi aussi par la suite être en paix.

Consciente que son récit pourrait paraître complètement ahurissant pour n'importe quel être humain, Mina s'arrêta pour observer la réaction de l'homme qui gardait le silence. Cependant, elle crut déceler un certain changement dans son attitude, elle eut l'impression que son discours engendra l'effet contraire de ce qu'elle avait pu imaginer. Il s'était détendu, rasséréné. Certainement, l'avait-elle rassuré en lui faisant comprendre qu'elle ne lui voulait aucun mal.

Après être resté muet quelques instants, il finit par lui répondre en parlant cette fois-ci d'une façon moins inquiète qu'auparavant.

— Je me suis installé dans ce lieu depuis maintenant plusieurs mois et jamais un tel phénomène ne s'était produit avant. J'aurais donc vécu ici depuis tout ce temps à côté d'un cadavre dans mon jardin… Je n'y comprends rien. Mais soit, si cela est le seul moyen de retrouver une certaine sérénité, que cela soit pour vous ou pour moi, alors je consens à vous aider. Dès demain, je vous promets de me renseigner sur les occupants précédents, ainsi que sur les éventuelles disparitions qui auraient pu survenir dans la région. Peut-être celle de cette femme a-t-elle été déclarée.

Mina eut à peine le temps de décrire en une phrase le physique de la morte, qu'elle disparut à nouveau sans laisser la moindre trace de son passage sur les lieux. John se tourna vers son réveil qui indiquait pour la troisième fois trois heures quarante-cinq, elle lui avait dit qu'elle ne restait éveillée que l'espace de quelques minutes. Il en déduit, selon son expérience des trois derniers jours, que son éveil prenait fin à cette heure-ci en particulier.

Le lendemain, Mina retourna voir John qui n'avait malheureusement aucune nouvelle à lui apporter, il n'avait pas pu joindre l'agence immobilière en vue d'obtenir de plus amples renseignements sur les précédents occupants, et en allant se renseigner en ville, personne n'avait pu lui offrir plus d'indications. Au poste de police, on lui avait dit qu'aucune disparition concernant une jeune femme correspondant à la description qu'elle lui avait donnée n'avait été signalée. Il lui promit toutefois de ne pas abandonner les recherches.

Déçue, Mina l'en remercia cependant. Elle se sentait d'autant plus gênée, qu'elle pouvait apercevoir que malgré une manière d'agir plus détendue, John gardait une certaine appréhension lors de leur discussion, il y avait une sorte de malaise, presque une tension lorsqu'il s'adressait à elle. Elle concevait tout à fait que voir sa maison hantée par un fantôme devait certainement mettre les nerfs de l'homme à rude épreuve.

Les deux journées qui suivirent, se répétèrent de la même manière, Mina n'eut aucun retour positif de la part de John. Personne ne semblait connaître l'histoire de cette maison. Même avec son assistance, elle commençait à désespérer d'éclaircir l'énigme qui l'entourait elle, son existence, sa présence en ces lieux et la femme qui siégeait dans le jardin. Le jour suivant, alors qu'elle émergeait comme à chaque fois de sous la terre, elle n'attendait que peu de sa rencontre avec John.

Avant de le rejoindre, elle s'arrêta observer le ciel, ce soir-là, il était sombre, des nuages noirs l'avaient envahi et dissimulaient la lune, le manque de lumière rendait l'atmosphère effrayante même pour elle, un fantôme. Soudain, son attention fut attirée vers un recoin à l'arrière de la construction qu'elle n'avait jamais remarqué, elle s'en approcha donc par curiosité. Sur place, elle ne trouva rien de particulier, seulement un tas de cendres qui semblait dater de plusieurs jours, au milieu duquel elle identifia les bords d'une photographie calcinée sur laquelle on pouvait à peine deviner une main tenant une anémone rouge. Elle ne s'attarda pas plus longtemps et se dirigea vers la maison vu que son temps était limité.

À l'instant où elle y pénétra, Mina éprouva un sentiment troublant, une sensation déroutante s'empara alors d'elle. Elle ne sut ni la décrire ni même l'interpréter, mais l'angoisse l'avait submergée, comme si une influence nuisible habitant l'entrée venait de la frapper de plein fouet. Elle leva les yeux et alors que son regard se porta sur le cadran de l'horloge qui indiquait trois heures quarante-quatre, elle fut clouée sur place et incapable d'effectuer le moindre mouvement.

Subitement, tout autour d'elle devint voilé, elle ne pouvait plus discerner que la pendule suspendue devant elle, voir l'aiguille qui tournait, entendre le son qui en ressortait, et résonnait vigoureusement, plus rien autour n'existait.

Puis, elle ressentit une étreinte venant de nulle part s'exercer autour de sa gorge. La pression se fit plus forte encore, une impression de suffocation s'ensuivit. L'effet augmenta en intensité et se propagea désormais, et ce malgré son état spectral. Elle se sentit agoniser, son corps faiblit, sa vue se flouta, elle ne put plus bouger ses membres. Lorsque trois heures quarante-cinq s'affichèrent sur l'horloge, l'enveloppe fantomatique de Mina se dissipa.

Le soir suivant, John, étonné de n'avoir pas reçu la visite fantasmagorique la nuit précédente, attendait son arrivée, assis sur le lit. Tout à coup, il se mit à frissonner, un froid glacial s'était emparé de la pièce. Par l'encadrement de la porte, il aperçut une ombre noire et effrayante remontant les escaliers.

En y regardant de plus près, il put distinguer à l'intérieur du nuage charbonneux la silhouette de Mina qui s'approchait d'un pas déterminé. Ses yeux lui semblèrent menaçants, inquiétants et son aura était devenue funeste, terrifiante. John en demeura saisi d'effroi. Elle ne prononça aucun mot alors qu'elle s'avançait vers lui le fixant sans détourner le regard une seule seconde.

Inquiet, il se hasarda malgré tout à entamer le dialogue.

— Je ne vous ai pas vu hier soir. Je m'inquiétais de votre absence. Malheureusement, encore aujourd'hui, je dois vous avouer que mes recherches sont toujours restées infructueuses, mais je vous promets de ne rien abandonner.

— Cesse cette mascarade! Cela ne sert plus à rien désormais, en effet, je me souviens de tout à présent, tu n'es qu'un menteur et un assassin… mon cher époux.

Mina avança sans prononcer nulle autre parole, elle plongea sa main dans la poitrine de John et serra son cœur sans relâcher la moindre pression jusqu'à ce que celui-ci n'ait émis son ultime battement. Trois heures quarante-cinq s'affichèrent sur l'horloge, Mina disparut pour la dernière fois, vengée, elle pouvait dès lors reposer en paix.

L'esprit vengeur

L'esprit vengeur est dépeint, à travers les récits de nombreuses cultures, comme le spectre d'un individu décédé qui reviendrait hanter le monde des vivants avec pour dessein d'exercer sa vengeance à la suite d'une mort violente ou injuste. Ceci dans le but de pouvoir enfin retrouver la quiétude.

L'anémone rouge

L'anémone rouge serait le symbole du chagrin d'amour. Selon la mythologie grecque, elle serait née à la suite de la mort tragique d'Adonis dont Aphrodite était éprise. Elle aurait transformé les gouttes de son sang en cette fleur. Fragile, elle est facilement emportée par le vent dont elle tire son nom.

NOUVEAU DÉPART

Aujourd'hui serait un jour différent, aujourd'hui serait le jour où je sortirai de cet endroit à l'intérieur duquel je me terre depuis des mois, aujourd'hui serait le dernier jour que je passerai enfermée ici, ce serait un jour nouveau. Pour cette occasion si spéciale, si particulière, j'avais décidé de m'apprêter le mieux possible.

J'ouvris l'armoire pleine de mes vêtements de sortie qui était restée close tout ce temps, les portes grincèrent en raison de leur manque d'utilisation. Lorsqu'elles furent enfin écartées, j'observai les habits qui se trouvaient à l'intérieur, je ne les avais pas vus depuis si longtemps. Je demeurai un moment à passer en revue chacun d'entre eux. Après une délicate réflexion, je portai mon choix sur la tenue qui serait celle de mon renouveau. Je la choisis simple, un pull fin à manches longues et col roulé noir, et un pantalon large kaki. J'enfilai l'ensemble.

J'approchai lentement du miroir de ma chambre. Ce miroir, je l'avais rejeté depuis des mois, mais je voulais réussir à le réapprivoiser. Après ce que j'avais vécu, le reflet que me renvoyait celui-ci m'était devenu insupportable. En colère et désespérée, je l'avais brisé à mon retour à la maison ainsi que tout ce qui pouvait me retourner mon image. Sur celui de ma chambre, il ne restait donc plus que quelques morceaux regroupés sur le bas. Ces derniers me permirent tout de même d'observer mon corps du buste jusqu'aux pieds.

Je fus satisfaite de mon choix vestimentaire. Cette étape franchie, il fallait à présent que je me charge de la suivante. Celle que je redoutais, celle qui m'effrayait. Je devais désormais en venir à cette partie de moi que j'avais fuie, celle que je n'avais pas considérée depuis tant de temps, mon visage.

J'attrapai dans un premier temps mes lotions de soins, ainsi que ma trousse de maquillage, je ne l'avais pas touchée une seule fois depuis l'agression. Le tout était enfoui sur une étagère et totalement recouvert de poussière. Je les nettoyai à l'aide d'un linge humide. Était-ce là pour moi un moyen de gagner du temps afin de ne pas passer à ce qui devait suivre ? Lorsque tout fut épousseté, j'ouvris la pochette. Elle sentait le renfermé. Je renversai son contenu sur le sol aux pieds du miroir, les pinceaux, tubes et autres pots se répandirent.

Cependant, si je voulais les utiliser, il me fallait tout d'abord trouver la bravoure de m'affronter moi-même. Aurais-je la force nécessaire ? Pour faciliter la chose et me protéger, je décidai de fermer les yeux dans un premier temps.

Lentement, je m'abaissai jusqu'à me retrouver assise devant la glace. Je n'arrivai pas à décoller mes paupières, elles étaient comme soudées par la crainte. Je repensai à chacun des jours de ces derniers mois, je ne voulais plus continuer ainsi, je ne le devais plus, je ne pourrais pas avancer sinon. Il fallait surmonter cela si je désirais non plus survivre, mais vivre. Face à ce constat, il ne me restait qu'une chose à faire. Je forçai mes cils à se détacher les uns des autres, puis dans un mouvement peu assuré, mes paupières se séparèrent finalement. Quand mes yeux furent grands ouverts, j'obligeai mon regard qui s'était maintenu posé sur le sol à remonter devant lui. Je m'aperçus enfin.

La dernière image que j'avais eue de moi-même était si lointaine. Du bout des doigts, je commençai à détailler chaque trait de mon visage, comme si je tentai de me reconnaître, de me garantir qu'il s'agissait bien de moi. Je ne détachai pas mon attention de mon profil ainsi retranscrit, je restai de longues minutes à en examiner chaque parcelle.

Je ressentais le besoin de me le réapproprier, de me retrouver, de m'accepter. Pour la première fois, je laissais rouler mes doigts sur les balafres épaisses sans en être rebutée.

Tout à coup, je me sentis prête. Comme si le moment était enfin venu. J'espérais ne pas avoir perdu la main depuis tout ce temps. Je commençai par appliquer le mélange hydratant sur l'ensemble de mon visage, puis je pris le pinceau servant à l'application du fond de teint. J'apposai une goutte de ce dernier sur le dos de ma main et plongeai l'ustensile dedans. Alors que j'approchai celui-ci plus près encore, je fus retenue par l'appréhension, j'hésitai. Allais-je y arriver ? Mes doigts tremblaient, je ne parvenais pas à sauter le pas. Je fermai les yeux, et tentai de retrouver mon calme.

Après tout ce qu'il s'était passé, ce n'était quand même pas un simple outil de maquillage qui allait m'effrayer. J'expirai longuement dans l'intention de faire sortir toute la pression qui m'habitait. Puis, je posai enfin le pinceau sur ma peau. J'étalai avec soin le liquide sur chaque partie de mon visage. Cette sensation retrouvée des poils sur l'épiderme me parut semblable à une caresse que j'avais oubliée depuis longtemps.

Après en avoir fini avec le fond de teint, j'attrapai mon eye-liner. J'étais nerveuse, mon trait serait-il assuré comme il l'était autrefois ? Je m'approchai le nez presque collé au miroir et avançai la pointe noire vers ma paupière, je tenais fermement le manche anticipant de la sorte toute faiblesse et erreur de ma part. Délicatement, je commençai à tracer la ligne sombre. Contrairement à ce que j'avais cru, la tâche s'était avérée en fin de compte évidente. Je n'avais pas vacillé. J'y étais parvenue en une seule tentative, en un mouvement, en partant du coin de l'œil jusqu'à son extrémité sans lever ma main. Il en fut de même avec l'autre œil. J'observai le résultat avec satisfaction, des perles humides de joie firent irruption, mais je les retins. Je ne pouvais pas les laisser gâcher le travail que je venais d'accomplir. D'autant plus que mon œuvre touchait bientôt à sa fin.

Il ne restait en effet plus que le baume à lèvres et ma toile serait complète. Il était celui qui m'inquiétait le plus. J'attrapai le bâton, enlevai le capuchon, le tournai pour le faire émerger de son antre. Je fis une pause avant de continuer. Quel résultat donnerait-il ? Allait-il réussir à mettre cette partie en valeur, à la dissocier du reste ? Avec ses interrogations en tête, je me décidai à agir et apposai le produit rosé. Je suivis avec minutie le contour, m'appliquant pour ne pas déborder, sans me presser pour que le rendu soit parfait. Grâce à une attention sans faille, je parvins à mes fins. Mon tableau était désormais achevé. Le résultat était même au-delà de mes espérances.

Je scrutai mon reflet dans le miroir, je détaillai les deux cicatrices qui traversaient mes joues, partant de la commissure des lèvres jusqu'en haut de mes pommettes qui ressortaient, elles restaient la première chose visible sur ma figure. Pourtant, je me trouvai enfin belle. Après tout ce temps, je pouvais recommencer à vivre. J'étais parée pour sortir de cette prison que je m'étais créée. Je me rendis dans le couloir d'entrée, j'attrapai mon sac à main et m'élançai vers la sortie. Je déverrouillai la porte, me saisis de la poignée, me préparai à la tourner, mais je me stoppai.

Malgré toute la confiance retrouvée qui m'habitait, je relâchai ma prise et revins en arrière. Je fouillai dans le tiroir de la console accolée au mur avec pour dessein de m'emparer d'un masque chirurgical que j'apposai sur mon visage. Pourquoi cette réaction ? Pourquoi ne pouvais-je pas surmonter cette épreuve ? Pourquoi ressentais-je le besoin de me camoufler encore ?

Tant pis ! S'il me permettait de faire le premier pas alors je le porterais sans regret. Après tout, ma décision de sortir était déjà une grande avancée, je ne devais pas me pousser plus que je ne le pouvais. Je devais avancer à mon rythme, par étapes. J'ôterai cette protection dès que j'en aurai envie, au moment où je me sentirai pleinement à l'aise.

Ainsi parée, je réussis à m'échapper de chez moi. Dehors, il faisait nuit, la rue était vide, mais cela n'avait aucune importance, car, enfin, je voyais l'extérieur depuis longtemps. Je me délectai de chaque instant. Les odeurs de la ville se faufilèrent jusqu'à mes narines, les sons toujours nombreux en dépit de l'heure tardive envahirent mes oreilles, tous ces éléments qui en agaçaient certains en tant qu'inconvénients d'une vie citadine m'apparurent au contraire comme agréables, ils furent pour moi une source de plaisir. Je marchai pendant plus d'une heure en m'extasiant sur chaque redécouverte.

Alors que je n'avais croisé personne jusqu'alors, car je n'avais emprunté que les ruelles cachées, je m'aventurai à présent dans une artère principale, et au loin j'aperçus quelqu'un. J'allais rencontrer une personne après tout ce temps isolée à l'abri du regard d'autrui. Je poursuivis mon chemin jusqu'à ce que nos routes se rejoignent. Arrivée près de l'individu, il m'accosta.

— Excusez-moi, je suis à la recherche de l'épicerie de nuit du quartier, connaîtriez vous le moyen de s'y rendre ? me demanda-t-il.

Par chance, il s'agissait là d'un lieu que j'avais l'habitude de fréquenter avant tout cela. Je lui désignai la rue du doigt sans pour autant parler. Il s'apprêtait à reprendre son chemin quand je fus poussée par une force incontrôlable en moi. Oserais-je ?

— Attendez ! réussis-je à prononcer.

— Oui ?

— Cela va très certainement vous paraître étrange, mais… me trouvez-vous… belle ?

— Bien sûr, vous êtes très jolie.

— Et ainsi ?

Sous la pulsion, je retirai mon masque. L'homme eut alors un mouvement de recul.

— Suis-je toujours aussi belle comme cela ?

Il n'osait plus me regarder en face. Son visage exprimait le dégoût, la répulsion. Il me jugeait, je l'écœurais à présent alors que plus tôt il me complimentait. Honteuse, je laissai tomber mon masque à terre et m'échappai sans plus attendre en courant. Les larmes se mirent à s'écouler en torrent. Tout mon travail allait être corrompu, mais je ne pouvais pas l'empêcher, j'étais détruite, ma confiance ruinée, mon espoir anéanti.

— Quelle horreur ! l'entendis-je murmurer pour lui-même.

Ses mots, méprisants, ignobles, déchirants, se plantèrent en moi tel un poignard en plein cœur. J'arrêtai immédiatement ma fuite, je ne pouvais plus avancer. Pourquoi avait-il fallu que je le croise ? Pourquoi avait-il fallu qu'il se moque de moi alors que je faisais mon possible pour surmonter tout cela ? Pourquoi être aussi cruel ? N'aurait-il pas pu faire preuve de bienveillance, d'un minimum de compassion, d'humanité ?

Mes pleurs continuaient quant à eux leur course. Tout allait être ruiné, tout mon labeur, mon art ne serait plus que désordre. Je devais constater l'étendue des dégâts. Je plongeai ma main dans mon sac à la recherche de mon miroir de poche, je fouillais, mais à la place de l'objet recherché, je trouvai une paire de ciseaux. Que faisait-il là ? Je l'ignorais, je n'avais pas utilisé ce sac depuis des mois. Sans raison précise, je m'en emparai. Je me retournai d'un coup pour lui faire face. Mes larmes avaient cessé de couler.

— Vous êtes bien tous les mêmes avec vos critères superficiels, toi, vous, lui, mon cher époux si jaloux de chaque regard que je recevais, qu'il m'a mutilée pour ne me garder que pour lui, et qui au bout du compte n'a pu supporter cette apparence qu'il avait lui-même créée et qu'il qualifiait de « monstrueuse ». Tu mérites d'endurer ce que j'ai enduré, de souffrir autant que j'ai souffert. Vous le méritez tous.

Tandis que je parlai, il resta là à me toiser avec répugnance et dédain. Je ne pouvais plus tolérer ce regard, cette expression qu'il affichait. Ivre de colère, je m'élançai vers lui. Je plantai la paire de ciseaux violemment dans la joue droite de l'ingrat qui me faisait face et qui n'avait fait preuve d'aucune empathie envers moi. Le sang qui s'échappa rejaillit sur mon pantalon, mais je poursuivis.

Sous le choc de l'attaque soudaine, il s'effondra au sol, et ne bougea pas, tandis que je poussai plus loin le tranchant remontant vers sa pommette. Je le retirai puis l'enfonçait du côté gauche où je dessinais la même entaille.

— Tu es comme moi maintenant. Tu devras vivre à ton tour avec cette apparence que tu as trouvée si repoussante. À partir d'aujourd'hui, je leur ferai payer, je leur montrerai à tous. Même s'il faut que j'erre chaque jour à travers les rues, je punirai ceux qui ne font preuve d'aucune indulgence, ceux qui jugent sans penser qu'ils pourraient l'être en retour.

Kuchisake-onna

Ce conte japonais relate l'histoire d'une jeune femme mariée à un samouraï. Après avoir été infidèle à son mari, celui-ci, jaloux, l'aurait mutilée en lui entaillant les deux joues de la commissure des lèvres jusqu'aux oreilles en lui demandant qui pourrait la trouver belle ainsi avant de la tuer. Pour se venger, celle-ci reviendrait d'entre les morts, armée de ciseaux, elle déambulerait dans les rues le visage camouflé sous un masque. Si quelqu'un venait à croiser son chemin, elle lui demanderait si elle était jolie. Si la réponse s'avérait positive, elle enlèverait alors sa protection, révélant ses séquelles en réitérant sa question. Si la réaction de son interlocuteur était désormais négative, celui-ci se verrait subir le même sort qu'elle sur le champ, défiguré ou assassiné. Si la réponse restait positive, il serait suivi par Kuchisake-onna jusqu'à son domicile et tué sur place.

Table

Faim insatiable 5
L'océan salvateur ?........................... 25
La perle de la connaissance 39
L'inaccessible dixième symphonie................ 59
Extraits de journal intime 79
La dernière rencontre.......................... 89
L'autre dans le miroir 107
L'anémone rouge............................. 127
Un nouveau départ........................... 147

© 2022, Carlesso Nadège

Édition : BoD – Books on Demand,
12/14 rond-point des Champs-Élysées, 75008 Paris
Impression : BoD - Books on Demand, Norderstedt, Allemagne

ISBN : 9782322381449

Dépôt légal : Mars 2022